시로 납치하다

시로 납치하다

인생학교에서 시 읽기 1

류시화

더숲

우리 자신을 가지고

꽃을 피울 수 있다면,

불완전한 것은 아무것도 없는 꽃을

불완전한 것조차 감추지 않는 꽃을

— 드니스 레버토프

차례

두 사람

두 사람이 노를 젓는다.

한 척의 배를.

한 사람은

별을 알고

한 사람은

폭풍을 안다.

한 사람은 별을 통과해
배를 안내하고
한 사람은 폭풍을 통과해
배를 안내한다.
마침내 끝에 이르렀을 때
기억 속 바다는
언제나 파란색이리라.

라이너 쿤체

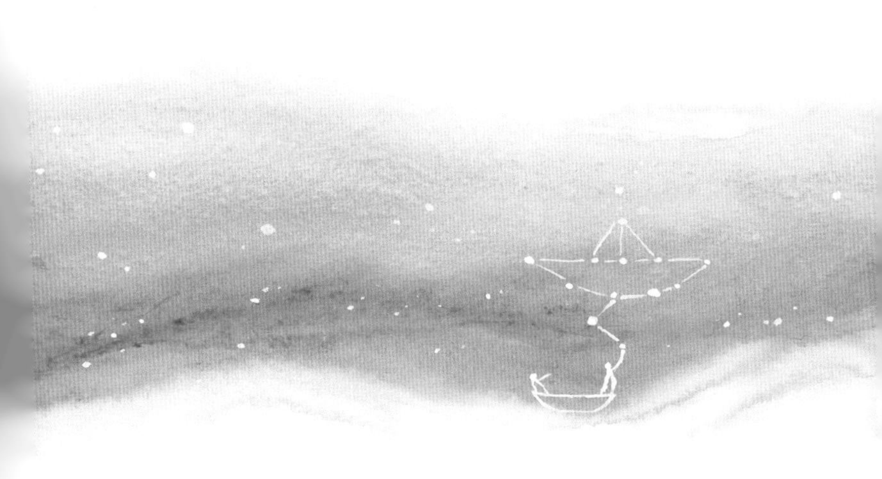

현존하는 독일 최고의 서정시인 라이너 쿤체(1933~)의 대표시 중 하나로, 결혼 축시로 자주 낭송되는 시다. 배, 별, 폭풍이라는 평범한 세 단어가 인생의 드넓은 바다로 의미를 확장하면서 심오한 메시지를 전한다. 한 배에 탔다는 것은 운명 공동체이다. 별은 목적지이고, 폭풍은 그곳으로 가는 여정에서 맞닥뜨리는 예기치 않은 일이다.

두 사람은 부부일 수도 있고, 연인이나 동료, 혹은 내 안의 두 자아일 수도 있다. 신과 인간일 수도 있다. 한 사람은 '어디로' 가야 하는지 알고, 한 사람은 '어떻게' 해야 하는지 안다. 한 사람은 지혜를, 한 사람은 강인한 정신을 가지고 있다. 그리고 그 밑바탕에는 서로에 대한 신뢰가 있다. 그때 두 사람은 어떤 어려움도 헤쳐 나갈 수 있다. '함께'라는 단어가 좋은 이유이다.

언어의 절제는 오히려 언어에 더 많은 비중과 암시를 부여한다. 따뜻한 언어에 깊은 통찰을 담는 쿤체의 시는 압축과 간결이 특징이다. 단어 수가 적은 만큼 독자의 상상력을 자극하는 잠언풍의 시가 많다. 사회주의 국가였던 구동독 작센주에서 광부의 아들로 태어난 쿤체는 대학에서 철학과 언론을 전공했으나 연애시를 썼다는 이유로 퇴학 당해 공장의 보조 기계공이 되었다.

28세에 쿤체는 체코 프라하에 사는 젊은 여의사 엘리자베스 리토네로바를 알게 되었고, 두 사람은 편지로 서로의 이야기를 하기 시작했다. 암흑의 시간을 견디며 400여 통의 편지를 주고받던 어느 날 쿤체가 청혼을 하자 엘리자베스는 주저 없이 동독으로 건너왔다. 독재 정권에 대한 굴하지 않는 저항으로 작가동맹에서 퇴출된 쿤체는 엘리자베스와 함께 서독으로 망명했다. 그렇게 둘이서 인생의 폭풍우를 헤쳐 나갔다.

삶의 지혜는 파도를 멈추는 것이 아니라 파도타기를 배우는 것이다. 우리는 파도를 멈추게 할 수 없다. 관계의 절정은 함께 힘을 합해 파도를 헤쳐 나가는 일이다. 이 시의 원제는 〈두 사람이 노를 젓다*Rudern zwei*〉이다. 한 사람der eine과 다른 사람der andre, 별Sterne과 폭풍Stürme이 반복되며 한 편의 노래로 들린다.

그렇다, 함께 노 저어 가는 두 사람의 리듬이 맞으면 인생은 노래가 된다. 두 사람은 삶이 선물하는 아름다움(별)을 경험하면서 고난(폭풍)을 극복해 나간다. 그리하여 수많은 파도와 암초들의 밤바다를 통과하지만 두 사람의 기억 속 바다는 언제나 파란색이고 화창할 것이다. 힘들었던 시기조차 웃으며 회상할 것이다. 삶의 여정이 어느 목적지에 이를지는 알 수 없지만, 마지막에는 지난날을 돌아보며 파란 바다를 기억하리라.

내 심장은 너무 작아서

'내 심장은 너무 작아서
거의 보이지도 않습니다.
그런데 어떻게 당신은 그 작은 심장 안에
이토록 큰 슬픔을 넣을 수 있습니까?'

신이 대답했다.
'보라, 너의 눈은 더 작은데도
세상을 볼 수 있지 않느냐.'

잘랄루딘 루미

세 번의 결혼을 했으며 조울증을 앓았던 시인 존 베리먼은 '나의 시가 이해되기를 바라지 않는다. 나의 시는 위로하기 위한 것이다.' 라고 했다. 우리에게는 시가 필요하다. 복잡한 삶에서 벗어나 나무들, 별들, 모든 것을 악기로 바꾸는 바람, 그리고 세상의 광대함과 만나기 위해. 존 베리먼은 또 '미의 대가, 눈송이의 장인, 모방을 불허하는 고안자시며 너무나 매력적인 지구를 허락하신 분이여, 이와 같은 선물을 주시니 감사하다.'라고 썼다.

루미의 시는 단순하고 깊다. 시련이 찾아왔을 때 그의 시는 위안을 준다. 누구나 슬픔 하나쯤은 가지고 살아간다. 그 슬픔은 우연을 가장한 필연, 성장의 비탈일지도 모른다. 루미는 쓴다.

슬퍼하지 말라.
네가 잃은 것은 어떤 것이든
다른 형태로
너에게 돌아올 것이니.

심장 안에 아픔이 가득해도, 이 13세기 페르시아 시인이 말하고 있듯이, 단지 삶의 작은 일부가 아니라 전체를 이해해야 한다. 누군가가 양탄자를 때릴 때, 그 때림은 양탄자에 대한 것이 아니라 그 안의 먼지를 털어 내기 위한 것이므로.

숨지 말 것

시대의
일들 앞에서
사랑 속으로
숨지 말 것

또한

사랑 앞에서

시대의 일들 속으로

숨지 말 것

에리히 프리트

거침없는 사랑시이면서 적극적인 참여시이다. 누군가는 사랑을, 누군가는 시대의 일을 선택하지만 사랑과 시대의 일, 그 어느 쪽에도 소극적이지 않아야 한다고 시인은 말한다. 한쪽에 숨어 자신을 합리화하며 다른 쪽을 외면하지 않아야 한다고. 모든 사랑하는 연인이, 그리고 행동하는 사람이 좌우명으로 삼을 만한 시다.

한 사람을 사랑한다는 것이 그 사람을 제외한 모든 사람을 배척한다는 의미는 아니다. 또한 시대의 일에 몸을 던진다는 것이 사랑 없음을 날선 무기로 삼는다는 의미는 아니다. 순수와 참여, 개인적 자아와 사회적 자아는 사랑 안에서 일체가 된다.

단순하고 명확한 시를 주로 쓴 독일어권 시인 에리히 프리트(1921~1988)는 오스트리아의 빈에서 태어났으나 나치의 탄압을 피해 영국으로 망명해 런던에서 문학 활동을 했다. BBC 라디오 방송에서 정치 문제 해설가로 활동하면서 사회 참여적인 시뿐만 아니라 사랑시와 생태시를 많이 썼다. 프리트 자신이 '참여시와 순수시 사이에 근본적인 차이가 없음'을 밝혔다.

인간은 시대적 존재이며 사랑의 존재이다. 투사 정신이 없는 사랑은 그 사랑을 보호할 수 없고, 가슴이 없는 투사는 권력욕만 있을 뿐 세상에 대한 사랑이 결여되어 있다. 사랑 없이 강해지는 것은 위험하다. 겨울에 피는 꽃도, 봄에 내리는 눈도 아름답다. 사랑이 아니라 증오에 의해 살아가는 사람은 병든 사람이다.

어떤 것 속으로 숨지 않으려면 강해야 한다. 이 시를 읽으면서 우리 자신이 어떤 것으로부터, 어떤 이유와 명분 속으로 '숨고' 있는지 돌아보게 된다. 시대의 일로부터 사랑을 보호할 수 있어야 하고, 사랑을 위해 시대의 절박함을 외면해선 안 된다. 사랑하고, 그 사랑의 힘으로 변화시키고, 때가 되면 미련 없이 떠나야 한다.

미국 시인 메리 올리버는 썼다.

> 세상을 살기 위해서는
> 세 가지를 할 수 있어야 한다.
> 죽을 수밖에 없는 것들을 사랑하기.
> 자신의 삶이 그것들에 의지하고 있음을 깨닫고
> 그들을 가슴 깊이 끌어안기.
> 그리고 놓아줄 때가 되면 놓아주기.

봉오리

봉오리는
모든 만물에 있다.
꽃을 피우지 않는 것에게도.
왜냐하면 모든 것은 그 내면으로부터
스스로를 축복하며 피어나기 때문.
그러나 때로는 어떤 것에게 그것의 사랑스러움을
다시 가르쳐 주고
봉오리의 이마에 손을 얹으며
말로, 손길로 다시 말해 주는 것이 필요하다.
정말 사랑스럽다고.
그것이 다시금 자신의 내면으로부터 스스로를 축복하며
꽃을 피울 때까지.

프란체스코 성인이
암퇘지의 주름진 이마에 손을 얹고
말로, 손길로 땅의 축복을 내리자
암퇘지가 흙으로 늘 지저분한 코에서부터
먹이와 오물로 뒤범벅된 몸통을 거쳐

영적으로 말린 꼬리에 이르기까지
자신의 길고 육중한 몸을 앞뒤로 전부
기억해 내기 시작한 것처럼.
등허리에 튀어나온 단단한 등뼈에서부터
그 아래 크게 상처 입은 심장을 거쳐
전율하며 꿈결처럼 젖을 뿜어내는
속이 다 비치는 푸른 젖가슴에 이르기까지
그 열네 개의 젖꼭지와
그 아래서 그것들을 물고 빠는 열네 개의 입에 이르기까지
자신의 길고 완벽한 사랑스러움을.

골웨이 키넬

이야기가 담긴 시다. 우골리노가 쓴 『성 프란체스코의 작은 꽃들』에 따르면 나무와 동물들에게 많은 기적을 행한 아시시의 프란체스코 성인이 어느 날 암퇘지의 주름진 이마에 손을 얹고 축복을 내리자 암퇘지는 흙 묻은 주둥이와 지저분한 몸통, 둥글게 말린 꼬리에 이르기까지 자신의 육중한 몸을 기억해 냈다. 자신의 길고 완벽한 사랑스러움을. 이 일화를 바탕으로 쓴 이 시는 '모든 존재는 각자 하나의 봉오리이다'라는 신선한 선언으로부터 출발한다. 꽃나무가 아닌 것도, 심지어 상처 받은 암퇘지도.

'모든 꽃은 자기 내면으로부터 스스로를 축복하며 피어난다.' 얼마나 매혹적인 문장인가. 내가 이 시인을 좋아하게 된 것은 이 구절 때문이다. 내면에서 스스로를 축복할 때 우리도 꽃으로 필 수 있다. 모든 꽃은 스스로를 축복한 결과이다. 그 자기 축복의 과정이 없으면 봉오리는 '꽃'이라는 완성을 경험할 수 없다.

그러나 그것만으로는 부족하다고 시인은 말한다. 때때로 자신의 아름다움을 기억하고, 누구와 비교해서가 아니라 자신이 본래 사랑스럽다는 것을 또다시 알려 주는 일이 필요하다. 세상은 그렇게 하지 않는다. 세상은 개인을 도구화하고 비교하고 경쟁시킨다.

긴 설교가 아니라 '말로, 손길로' 그 존재의 이마에 손을 얹고 '너는 이미, 충분히, 사랑스럽다'고 말해 줘야 한다. 진정한 관계는 상대방을 바꾸려는 의도가 아니라 있는 그대로를 축복하는 것에서 시작한다. 아름다움에 대한 정의가 하나만이 아니라는 것은 얼마나 다행한 일인가.

시의 원제는 〈성 프란체스코와 암퇘지*Saint Francis and the Sow*〉이다. 음악적이고 서정적인 시를 써서 퓰리처 상과 전미도서상을 수상한 골웨이 키넬(1927~2014)은 미국 로드아일랜드주 프로비던스의 오래된 제재소 마을에서 스코틀랜드 이민자인 목수의 아들로 태어났다. 언어가 가진 울림에 예민해 시를 외우며 마을 분위기와 동떨어진 내성적인 유년기를 보냈으며, 결국 시라는 '언어의 제재소'에서 살기로 결심했다. 영미시를 지배한 현학적이고 기교적인 시풍에서 벗어나 문학을 전공하지 않은 사람도 이해하는 깊이 있는 시를 썼다는 평을 듣는다. '아이는 천사이며, 동물들도 천사이다'라는 관점에서 곰, 두꺼비, 암퇘지, 불가사리, 파리 등을 소재로 많은 시를 썼다.

다른 사람의 기대에 맞추지 못하는 것보다 본래의 나로 존재하지 않는 것이 더 치명적이다. 나에게 필요한 일은 꽃봉오리에게 하듯이 "너는 사랑스러워!" 하고 스스로에게 말하는 일이다. 그리고 다른 사람들의 봉오리를 발견하는 일이다. 자신에 대한 축복은 모든 축복의 근원이다.

그렇게 못할 수도

건강한 다리로 잠자리에서 일어났다.

그렇게 못할 수도 있었다.

시리얼과 달콤한 우유와

흠 없이 잘 익은 복숭아를 먹었다.

그렇게 못할 수도 있었다.

개를 데리고 언덕 위 자작나무 숲으로 산책을 갔다.

오전 내내 내가 좋아하는 일을 하고

오후에는 사랑하는 이와 함께 누웠다.

그렇게 못할 수도 있었다.

우리는 은촛대가 놓인 식탁에서

함께 저녁을 먹었다.

그렇게 못할 수도 있었다.

벽에 그림이 걸린 방에서 잠을 자고

오늘과 같은 내일을 기약했다.

그러나 나는 안다, 어느 날인가는

그렇게 못하게 되리라는 걸.

제인 케니언

시인이며 번역가인 제인 케니언(1947~1995)이 백혈병으로 세상을 떠나기 1년 전 쓴 시다. 대학생 시절, 문학을 강의하던 19살 연상의 시인 도널드 홀을 만나 결혼한 제인은 뉴햄프셔의 농장에서 스무 해를 살았다. 제인과 도널드의 삶은 다큐멘터리 〈함께한 삶*A Life Together*〉으로 제작되어 에미 상을 수상했다. 도널드 홀도 자연과 인생에 대한 경이감을 시와 산문으로 표현한 미국 계관시인이다. 그는 죽어 가는 아내를 보살핀 경험을 이렇게 토로했다. '아내의 죽음은 내게 일어난 최악의 일이었고, 아내를 보살핀 것은 내가 한 최고의 일이었다.'

우리가 누리고 있는 것들—가벼운 산책, 함께하는 식사, 그림 감상, 정겨운 포옹, 내일을 기약하며 잠드는 일 등이 얼마나 큰 축복인지 우리는 사실 잘 모른다. 그것들은 그냥 일상일 뿐이다. 그러나 그 일상은 얼마나 많은 사고, 갑작스러운 병과 재해에 가로막히는가?

몇 해 전, 나는 갑자기 쓰러져 몸을 움직일 수 없게 됐었다. 말을 하고 눈을 깜박이는 것 외에는 목 아래로 완전히 마비되었다. 강아지가 얼굴을 핥아도 쓰다듬어 줄 수가 없었다. 마비의 이유는 알 수 없었지만, 사흘 뒤 몸이 정상으로 돌아왔다. 새벽에 혼자 힘으로 일어나 마당으로 걸어나갈 때의 기분이 아직도 생생하다. 갑작스러운 마비에서 회복된 것이 기적이 아니라 일상의 모든 활동이 기적이 되었다. 지금 나는 건강한 다리로 잠자리에서 일어나고, 개를 데리고 산책을 나간다. 인도 여행을 하고, 히말라야 트레킹을 간다. 웃고, 농담하고, 감동하고, 연필 쥔 손으로 글을 쓴다. "삶의 마지막 순간에 바다와 하늘과 별과 사랑하는 사람들을 마지막으로 한 번만 더 볼 수 있게 해 달라고 기도하지 말라. 지금 그들을 보러 가라." 엘리자베스 퀴블러 로스가 『인생 수업*Life Lessons*』에서 한 말이다.

놀랍지 않은가. 그해에 막 뉴햄프셔주의 계관시인으로 선정된 시인이 48세에 생이 끝나 가는 것을 절망하거나 비관하는 대신 삶의 사소한 행위들을 특별한 것으로 만들고 있다. 두 다리로 걷고, 우유에 시리얼을 타 먹고, 복숭아의 둥근 맛을 깨무는 것까지. 그것들이 곧 불가능하게 되리라는 것을 알기 때문이다.

그렇다, 우리의 소소한 일상은 얼마나 축복된 시간인가. 살아 있다는 것은 큰 기회이다. 그 '특별한' 일상들이 사라질 날이 곧 올 것이기 때문이다. 물 위를 걷는 것이 기적이 아니라 두 발로 땅 위를 걷는 것이 기적이다. 삶은 수천 가지 작은 기적들의 연속이다. 그것들을 그냥 지나쳐선 안 된다고 시인은 말한다. 시에는 적혀 있지 않지만 행간마다 '늦기 전에 깨달으라'라는 말이 숨어 있다.

공기, 빛, 시간, 공간

'저에게는 가족도 있고 직장도 있었어요.
언제나 무엇인가가 내 앞길을
가로막았어요.
하지만 지금 저는 집도 팔고
여기로 이사왔어요.
커다란 작업실로!
이 넓은 공간과 빛을 보세요.
내 생애 최초로 무엇인가를 창작할
시간과 공간을 갖게 된 거예요.'

그렇지 않아, 친구.
창작을 하고자 하는 사람은
탄광 속에서 하루에 열여섯 시간을 일해도
창작을 해내지.
작은 방 한 칸에 애가 셋이고
정부 보조금으로 생활해도
창작을 해내지.
마음이 분열되고 몸이 찢겨 나가도

창작할 사람은 창작을 하지.

눈이 멀고

불구가 되고

정신이 온전치 않아도

창작을 해내지.

도시 전체가 지진과 폭격과

홍수와 화재로 흔들려도

고양이가 등을 타고 기어올라도

창작할 사람은 창작을 해내지.

이보게 친구, 공기나 빛, 시간과 공간은

창작과는 아무 상관없어.

그러니 변명은 그만둬.

새로운 변명거리를 찾아낼 만큼

자네의 인생이 특별히

더 길지 않다면 말야.

찰스 부코스키

흔한 불평 중 하나는 원하는 일을 하고 싶어도 현실이 따라 주지 않는다는 것이다. 조용한 장소가 없어서 명상을 할 수 없다는 이들도 있다. 어쩌면 "명상할 마음이 절실하지 않은 것뿐이지 시간이 없는 게 아니다. 언제 어디서든 명상할 수 있다."라는 선승의 말이 옳은지도 모른다. 창작은 환경이 갖춰진 후에야 하는 것이 아니다. 창작을 하고자 하는 사람은 어떤 상황에서도 한다. '영감'이 떠오르기를 기다리는 사람도 있다. 하지만 영감은 아마추어나 의지하는 것이다. 예술이든 일이든 영감에 의존하는 것이 아니라 무조건, 죽어라고 하는 것이다.

작가 지망생들이 미국인 최초로 노벨 문학상을 수상한 싱클레어 루이스에게 강의를 요청했다. 루이스는 "작가가 되고 싶은 사람은 손을 들어 보라."라는 질문으로 강의를 시작했다. 학생들 모두가 손을 들었다. 그러자 루이스가 말했다. "그렇다면 내 강의는 필요없다. 내가 해 줄 수 있는 말은 집에 가서 쓰고, 쓰고, 또 쓰라는 것밖에 없다." 그러고 나서 그는 강의실을 떠났다.

이 시는 대학 중퇴 후 생계비를 벌기 위해 접시닦이, 트럭 운전사, 하역부, 경비원, 창고 일꾼, 주차장 관리원, 승강기 운전원, 사료 공장 직원, 도살장 인부, 우체국 집배원 등 스무 가지가 넘는 하급 직업을 전전하면서도 수천 편의 시와 수백 편의 단편소설, 6권의 장편소설을 쓴 찰스 부코스키(1920~1994)가 죽기 2년 전에 남긴 시다. 무엇이 글을 쓰게 하느냐고 묻자 부코스키는 "어리석은 충동 때문."이라고 대답했다. 그렇다, 모든 위대한 시도는 '비현실적인 충동'에서 시작된다. 인간과 사회의 허구에 대해 가차 없이 냉소를 퍼부었지만 부코스키의 시는 우리에게 가슴이 원하는 삶을 살도록 용기를 준다.

"이 세상의 문제는 머리 좋은 사람들의 의심 때문."이라는 부코스키의 말대로 우리는 너무 영리하기 때문에 '원하는 일을 하면 안 되는 이유, 할 수 없는 이유'를 계속 찾아내는지도 모른다. 물론 세상을 더 나은 환경으로 변화시키는 것은 우리의 의무이다. 불합리한 조건의 사회를 만들어 놓고 삶이 개인의 의지에 달린 일이라고 단정 지어선 안 된다. 그러나 자신의 삶에 대해서는 변명을 늘어놓지 말아야 한다.

자신이 원하는 일을 '왜 할 수 없는지' 이유를 찾는 사람이 있고, 어떤 상황에서도 하는 사람이 있다. 거기서 인생이 나뉜다. 원하는 것을 하지 못하는 불행과 원하는 것을 하는 행복의 차이가.

더 푸른 풀

건너편 풀이 더 푸른 이유가
그곳에 늘 비가 오기 때문이라면,

언제나 나눠 주는 사람이
사실은 가진 것이 거의 없는 사람이라면,

가장 환한 미소를 짓는 사람이
눈물 젖은 베개를 가지고 있고

당신이 아는 가장 용감한 사람이
사실은 두려움으로 마비된 사람이라면,

세상은 외로운 사람들로 가득하지만
함께 있어서 보이지 않는 것이라면,

자신은 진정한 안식처가 없으면서도
당신을 편안하게 해 주는 것이라면,

어쩌면 그들의 풀이 더 푸르러 보이는 것은
그들이 그 색으로 칠했기 때문이라면.

다만 기억하라, 건너편에서는
당신의 풀이 더 푸르러 보인다는 것을.

에린 핸슨

시는 소리 내어 읽어야 좋다. 그때 시의 의미만이 아니라 시가 가진 울림과 언어의 향기가 전해진다. 시는 메시지 전달이 전부가 아니다. 메시지를 전하고 싶다면 산문을 택할 것이다. 시를 감상하는 좋은 방법은 그 시를 숨 쉬는 일이다.

어떤 사람이 늘 웃는다고 해서 그에게는 울 일이 없다고 생각하지 말라. 그의 인생에는 눈물 흘릴 일이 없었을 것이라고. 용기 있게 살아가는 사람이라고 해서 두려움이 없다고 추측하지 말라. 그가 절망의 밧줄에 묶인 적이 없을 것이라고. 늘 사람들과 어울리고 즐거워 보인다고 해서 외롭지 않을 것이라고 단정 지어선 안 된다. 불면의 밤이 그를 비켜 갈 것이라고. 그리고 당신에게 많은 걸 나눠 준다고 해서 그에게 모든 것이 넘쳐 난다고 오해하지 말라. 당신을 위해 자신의 몫을 양보하는 것일 수도 있으니까.

에린 핸슨(1995~)은 호주 브리즈번 출신으로 어려서부터 글쓰기를 시작했으며, 열아홉 살 때 인터넷에 시를 발표하면서 이름이 알려졌다. 『언더그라운드 시집*thepoeticunderground*』 등 세 권의 시집을 출간했다. 평범한 단어들로 시적 운율을 살리는 시를 써서 독자에게 다가간다. 또 다른 시 〈모든 가슴에 태풍이 있다*Every heart's a hurricane*〉에서 핸슨은 썼다.

모든 가슴에 태풍이 있고

모든 영혼에 별이 빛나는 바다가 있고
모든 마음에 중력에서 해방된 별똥별이 있다.
모든 삶은 번개를 가지고 있다.
하지만 모두가 아니라고 말한다.

우리는 삶에게 무엇인가를 기대하지만, 삶이 자신에게 기대하고 있는 것은 간과한다. 삶이 우리에게 기대하는 것은 영웅이 되거나 불멸의 인간이 되라는 것이 아니다. 두려움으로 마비되어도 한 걸음씩 내딛고, 외로워도 사람들과 함께하라는 것이다. 가진 것이 없어도 나누라는 것.

어떤 사람의 풀이 푸르다고 해서 그 집 정원은 언제나 화창할 것이라고, 흐린 날이 없을 것이라고 가정해선 안 된다. 당신 역시 종종 눈물로 베개를 적시면서도 누구보다 환하게 웃지 않는가? 자신의 인생이 더는 자신의 손에 달려 있지 않다는 걸 뼈저리게 느끼면서도 용기를 내어 세상에 손을 내밀지 않는가? 절망에 빠지거나 '풀이 죽으면' 밝게 색을 칠해서라도……. 그래서 당신의 날들은 매일 화창하고 당신의 풀이 자신들의 풀보다 더 푸르다고 사람들은 믿지 않는가?

고독

웃어라, 세상이 너와 함께 웃으리라.
울어라, 너 혼자 울게 되리라.
슬프고 오래된 이 세상은 즐거움을 빌려야 할 뿐
고통은 자신의 것만으로도 충분하다.
노래하라, 그러면 산들이 화답하리라.
한숨지으라, 그러면 허공에 사라지리라.
메아리는 즐거운 소리는 되울리지만
근심의 목소리에는 움츠러든다.

환희에 넘쳐라, 사람들이 너를 찾으리라.
비통해하라, 그들이 너를 떠나리라.
사람들은 너의 기쁨은 남김없이 원하지만
너의 비애는 필요로 하지 않는다.
기뻐하라, 그러면 친구들로 넘쳐 나리라.
슬퍼하라, 그러면 친구들을 모두 잃으리라.

너의 달콤한 포도주는 아무도 거절하지 않지만
인생의 쓰디쓴 잔은 너 혼자 마셔야 한다.

잔치를 열라, 너의 집은 사람들로 넘쳐 나리라.
굶으라, 그러면 세상은 너를 지나치리라.
성공하고 베풀면 너의 삶에 도움이 되지만
너의 죽음을 도와줄 사람은 없다.
환희의 전당은 넓어서
길고 화려한 행렬을 들일 수 있지만
좁은 고통의 통로를 지날 때는
우리 모두 한 사람씩 줄 서서 지나가야 한다.

엘라 휠러 윌콕스

고통과 슬픔은 혼자 지고 가야 한다. 타인의 위로가 힘을 줄 순 있어도 대신 지고 갈 수는 없다. 모든 것을 잃었을 때, 다정한 말은 기만일 수가 있다. 함께라는 말도 거짓일 수가 있다. 사람들은 기쁨의 파티에는 모여들지만, 눈물의 장소에는 오래 머물지 않는다. 아프고 슬플 때 홀로 마주할 각오를 해야 한다. 나무는 밖으로 잎을 내고 꽃을 피워 다른 나무들과 어우러지지만 비바람으로 인한 나이테는 안으로 새긴다.

엘라 휠러 윌콕스(1850~1919)는 미국 위스콘신주 출신으로, 어려서부터 시를 썼다. 평이한 단어를 구사하는 그녀의 시를 비평가들은 평가절하했지만 대중에게는 월트 휘트먼만큼 인기가 높았다. 가장 유명한 시 〈고독*Solitude*〉은 1883년에 발표되었으나 130년이 지난 지금도 전 세계에서 애송된다. 한국에서는 영화 〈올드보이〉에서 시의 앞부분이 인용되었다.

이 시를 쓰게 된 배경이 있다. 가난한 농부의 딸인 윌콕스가 주지사 취임식에 초대받았다. 기쁜 마음을 안고 취임식장으로 가던 중, 기차 안에서 검은 옷을 입은 여성과 나란히 앉게 되었다. 그런데 여성은 계속 흐느꼈고, 윌콕스는 여행 내내 그녀를 위로해야 했다. 식장에 도착했을 때 윌콕스는 누구와도 어울릴 수가 없었다. 그러던 중 무심코 거울을 들여다본 그녀는 자신의 얼굴에서 슬픔에 찬 그 젊은 과부의 얼굴을 보았다. 그 순간 '웃어라, 세상이 너와 함께 웃으리라/ 울어라, 너 혼자 울게 되리라'라는 시구가 떠올랐다. 그리고 이틀 뒤 시를 완성했다.

윌콕스는 영적 세계에 관심을 가진 시인이었고 윤회를 믿었다. 시 〈보상*Reward*〉에서 그녀는 쓴다.

운명은 나를 비천하게 사용했다.
그러나 나는 운명을 향해 웃었다.
내가 얼마나 쓴잔을 들이켜야 했는지 아무도 모를 것이다.
어느 날 기쁨이 찾아와 내 곁에 앉았다.
그리고 나에게 말했다.
'나는 네가 왜 웃는지 알아보기 위해서 왔다.'

또 〈가치 있는 사람*The Man Worth While*〉에서는 이렇게 썼다.

삶이 노래처럼 흘러갈 때
즐거워하는 것은 쉬운 일이다.
그러나 가치 있는 사람은 모든 일이 잘못 흘러갈 때
미소 지을 수 있는 사람이다.

그 겨울의 일요일들

일요일에도 아버지는 일찍 일어나
검푸른 추위 속에서 옷을 입고
한 주 내내 모진 날씨에 일하느라 쑤시고
갈라진 손으로 불을 피웠다.
아무도 고맙다고 말하지 않는데도.

잠이 깬 나는 몸속까지 스몄던 추위가
타닥타닥 쪼개지며 녹는 소리를 듣곤 했다.
방들이 따뜻해지면 아버지가 나를 불렀고
나는 그 집에 잠복한 분노를 경계하며

느릿느릿 일어나 옷을 입고
아버지에게 냉담한 말을 던지곤 했다.
추위를 몰아내고
내 외출용 구두까지 윤나게 닦아 놓은 아버지한테.

내가 무엇을 알았던가, 내가 무엇을 알았던가
사랑의 엄숙하고 외로운 직무에 대해.

로버트 헤이든

인생의 어느 때를 돌아보며 회한에 잠긴다. 지금 깨달은 것을 좀 더 일찍 알았다면 달라졌을까? 왜 모든 아버지는 자식의 참회가 시작될 즈음에는 세상에 안 계시거나 너무 늙어 있을까? 혹한의 겨울, 모두가 일어나기 싫은 아침, 한 주 동안 힘들게 일한 후의 일요일인데도 아버지는 동트기 전에 일어나 석탄을 날라 온다. 가족의 생계를 책임진 '갈라진 손'이 난로에 불을 지핀다. 집 안에 온기가 번지고, 늦게 일어난 아들의 귀에 아버지의 사랑을 상징하는 '추위 녹는' 소리가 들린다.

짧지만 좋은 시의 요소가 다 담겼다. 눈에 보이는 듯한 시각적 이미지(검푸른 추위, 타오르는 불, 윤나게 닦인 구두), 생생한 촉각적 이미지(쑤시고 갈라진 손), 청각적 이미지(추위가 쪼개지고 녹는 소리), 거기에 '잠복한 분노', '경계', '냉담한 말' 같은 단어들이 주는 아버지와 아들 사이의 어색한 분위기까지. 이 모든 이미지들이 겨울 아침의 시공간 안에 어우러져 가슴 뭉클한 여운을 안긴다.

로버트 헤이든(1913~1980)은 미시간주 디트로이트의 흑인 빈민가에서 태어나 갓난아기 때 부모가 이혼하는 바람에 이웃 가정에 맡겨졌다. 양아버지는 엄격한 침례교인으로 막노동자였으나 양아들을 잘 키웠다. 지독한 근시 때문에 헤이든은 아이들과 놀지 못하는 대신 독서에 파묻혔고, 이때부터 문학적 재능이 싹텄다. 장학금으로 대학을 다닌 후 모교에서 시를 강의했으며, 다양한 시적 기교와 보편적인 호소력을 인정받아 흑인으로서는 최초로 미국 계관시인에 선정되었다.

시의 중심에, 그리고 시인의 기억 속 중심에 아버지가 지핀 따뜻한 불이 타닥거리고 있다. 모든 좋은 아버지는 그렇게 따뜻함으로 기억되지 않는가. 추운 삶을 녹여 준 불로. 헤이든이 어렸을 때 공업도시 디트로이트의 집들은 모두가 석탄 난방이었다. 그래서 매일 새벽 새 석탄으로 갈아 줘야만 집 안이 따뜻하게 유지되었다.

사랑은 의무로 견고해지고 거룩해진다. 세상의 남자들은 '아버지'가 되면서 가끔은 화도 내고 소리도 지르는 엄격한 존재이지만, 동시에 혹한에도 혼자 일어나 집을 따뜻하게 하는 엄숙하고 고독한 직무와 친구가 된다. 수도승처럼 새벽을 깨우며 그 의무를 완수해 나간다. 누구도 감사의 말을 하지 않는다 해도. 이 시의 화자처럼 아주 뒤늦게야 그 노고를 이해한다 해도. 그토록 윤나게 구두를 닦아 주던 이가 세상에 없게 된 후에야 비로소.

시 사용 허락을 받기 위해 미시간주에 사는 헤이든의 딸 엠마 헤이든에게 편지를 보냈으나 수취인 불명으로 한 달 뒤 반송되었다. 주소를 재확인하고 재차 보냈으나 연락이 없다. 어찌된 일인가, 이런저런 염려를 하게 된다.

사랑받으려고 하지 말라

사랑받으려고 하지 말라.
자발적인 추방자가 되라.
너의 인생의 모순들을
숄처럼 몸에 두르라.
날아오는 돌들을 막고
너를 따뜻하게 하기 위해.

사람들이 환호하며
광기에 굴복하는 것을
지켜보라.
그들이 곁눈질로 너를 보게 하고
너도 곁눈질로 화답하라.

추방자가 되라.
초라해 보여도
혼자 걷는 것을 기뻐하라.
그렇지 않으면 혼잡한 강바닥에서
성급한 바보들과 함께

줄을 서야 한다.

수많은 사람들이
용기 있게 아픈 말을 하고
죽어 간 강둑에서
즐거운 모임을 가지라.

사랑받으려고 하지 말라.
추방자가 되라.
죽은 사람들 사이에서
살 자격을 얻으라.

앨리스 워커

자발적인 추방자가 된다는 것은 집단 속에 매몰된 자아를 찾는 일이다. 다발에 묶이지 않고 한 송이 꽃으로 고고하게 서는 일이다. 사랑받기 위해서 타의적인 삶을 살지 않으며, 집단으로부터 버림받을까 봐 두려워하지 않는 일이다. 타인의 생각을 의식하는 것만큼 큰 감옥은 없다. 타인이 당신의 여행을 이해하리라 기대하지 말아야 한다. 그들은 어차피 당신과 같은 여행을 하지 않을 사람들이니까.

필요한 것은 '사랑받지 않을 용기'이다. 사랑을 구걸하지 않으려면 고독할 수 있어야 한다. 그래야 군중의 물결에 휩쓸리지 않고 강둑에서 자신의 방향을 정할 수 있다. 사람들이 당신을 곁눈질로 쳐다보면 당신도 곁눈질로 보며 웃을 수 있어야 한다. 스스로 모순덩어리가 될 수 있어야 한다. 자신의 모순을 사랑하지 않는다면, 합리적인 머리만으로는 멋진 춤과 음악을 만들 수 없다. 사람들이 나를 추방하기 전에 나 스스로 추방자가 되어야 한다. 남들과 다르다는 것은 신이 준 선물이다.

스티븐 스필버그 감독이 영화로 만든 소설 『컬러 퍼플*The Color Purple*』로 흑인 여성 작가 최초의 퓰리처 상과 전미도서상을 수상한 앨리스 워커(1944~)는 스스로 추방자의 길을 걸어 자신만의 문학 세계를 구축한 시인이자 소설가이다. 옥수수와 목화 생산으로 유명한 미국 조지아주 이튼턴에서 흑인 소작농 부부의 막내딸로 태어나 8살 때 형제들과 카우보이 놀이를 하던 중 장난감 총 사고로 한쪽 눈을 실명했다. 이로 인해 따돌림을 받자 독서와 글쓰기에서 위안을 찾았다. 흑인 여자대학에 입학하면서 흑인 인권 운동에 뛰어들었고, 대학 졸업 후 유대인 인권 변호사와 인종의 벽을 뛰어넘는 결혼을 했다. 치열한 세계관과 풍부한 표현력이 집약된 첫 번째 장편소설 『그레인지 코플랜드의 세 번째 인생*The Third Life of Grange Copeland*』을 비롯해 많은 소설과 시를 발표했다. 〈사랑받으려고 하지 말라*Be Nobody's Darling*〉는 사라로렌스대학 졸업식 축사에서 졸업생들에게 선물로 준 시다.

"사람들이 자기가 가진 힘을 포기하면서 가장 많이 하는 변명은 가진 게 아무것도 없다고 말하는 것이다."라고 앨리스는 말한다. 또 다른 시에서는 이렇게 썼다.

당신이 나를 홀로 서게 만들고
혼자서도 걸을 수 있게 만들고
혼자서도 살 수 있게 해 주었기 때문에
나는 당신을 사랑해요.

원

그는 원을 그려 나를 밖으로 밀어냈다.
나에게 온갖 비난을 퍼부으면서.
그러나 나에게는
사랑과 극복할 수 있는 지혜가 있었다.
나는 더 큰 원을 그려 그를 안으로 초대했다.

에드윈 마크햄

아프리카 원주민들의 생활을 연구하던 인류학자가 자신을 졸졸 따라다니는 부족의 아이들에게 한 가지 놀이를 제안했다. 그는 사탕을 가득 담은 바구니를 멀리 떨어진 나무에 매달아 놓고, 자신이 출발 신호를 하면 맨 먼저 그곳까지 뛰어간 사람에게 사탕 전부를 주겠다고 약속했다. 그런데 신호를 하자 예상하지 못한 일이 일어났다. 아이들은 다 같이 손을 잡고 바구니를 향해 달려간 것이다. 그리고 나무에 도착한 후 둥글게 원을 그리고 앉아 행복하게 사탕을 나눠 먹는 것이었다.

놀란 인류학자는 충분히 일등으로 도착해 바구니에 든 사탕을 다 차지할 수 있었던 한 아이에게 모두 함께 손을 잡고 달린 이유를 물었다. 아이는 대답했다. “다른 아이들이 슬퍼하는데 어떻게 혼자서 행복할 수 있어요?” 그 말에 아이들 모두가 “우분투!” 하고 외쳤다. 인류학자는 말문이 막혔다. 몇 달 동안 그 부족을 연구했지만, 그제서야 그들의 정신을 이해한 것이다. 우분투는 ‘사람다움’을 뜻하는데, ‘우리가 있기에 내가 있다’는 뜻도 담겨 있다. 혼자서는 ‘사람’이 될 수 없기 때문이다.

지금 우리는 작은 동그라미를 그리고서 자신의 주장과 다르거나 자기 편을 지지하지 않는 사람들을 동그라미 밖으로 밀어내는 시대에 살고 있다. 실제로는 다 같이 연결된 ‘우리’인데도. 여기에 놀라운 진리가 있다. 계속 밀어내면 원은 점점 작아진다. 더 많이 초대하고 끌어들일수록 원은 넓어진다.

미국 오리건주 계관시인 에드윈 마크햄(1852~1940)은 태어나자마자 부모가 이혼하는 바람에 농장에서 힘들게 노동을 하며 어린 시절을 보냈다. 어머니의 반대에도 불구하고 문학에 관심을 갖고 스스로 학비를 벌며 대학에 다녔다. 47세에 착취당하는 노동자들의 고통을 묘사한 시 〈괭이를 든 남자*The Man with the Hoe*〉를 발표해 일약 유명해졌다. 많은 시를 썼지만 자신의 시 중에서 어떤 시를 가장 높이 평가하느냐는 질문에 마크햄은 이 시 〈원〉—원제는 〈한 수 위*Outwitted*〉—을 꼽았다.

"다른 사람의 삶에 무엇인가를 보내면 그것은 모두 우리 자신의 삶으로 되돌아온다."라고 마크햄은 말했다. 더 큰 원을 그리자. 그리고 그 원 안으로 가능한 한 모두를 초대하자. 처음에는 세상이 당신을 원 밖으로 밀어낼지도 모른다. 그러나 당신이 세상을 껴안아야 한다. 당신의 더 넓은 원으로. 하시디즘(유대교 신비주의)에는 둥글게 원을 그려 춤을 추는 종교 의식이 있는데, 한 사람이 슬프고 우울한 표정으로 한쪽에 서 있으면 그의 손을 잡아 원 안으로 끌어들인다. 그러면 그 사람도 다른 사람들의 기쁜 에너지를 받아 슬픔을 잊고 즐겁게 춤을 춘다.

서서히 죽어 가는 사람

습관의 노예가 된 사람
매일 똑같은 길로만 다니는 사람
결코 일상을 바꾸지 않는 사람
위험을 무릅쓰고 옷 색깔을 바꾸지 않는 사람
모르는 이에게 말을 걸지 않는 사람은
서서히 죽어 가는 사람이다.

열정을 피하는 사람
흑백의 구분을 좋아하는 사람
눈을 반짝이게 하고
하품을 미소로 바꾸고
실수와 슬픔 앞에서도 심장을 뛰게 하는
감정의 소용돌이보다
분명히 구분하는 걸 더 좋아하는 사람은
서서히 죽어 가는 사람이다.

자신의 일과 사랑에 행복하지 않을 때
상황을 역전시키지 않는 사람

꿈을 따르기 위해 확실성을 불확실성과 바꾸지 않는 사람
일생에 적어도 한 번은 합리적인 조언으로부터 달아나지 않는 사람은
서서히 죽어 가는 사람이다.

여행을 하지 않는 사람, 책을 읽지 않는 사람
삶의 음악을 듣지 않는 사람
자기 안에서 아름다움을 발견하지 않는 사람은
서서히 죽어 가는 사람이다.

자신의 자존감을 파괴하고 그곳을 에고로 채운 사람
타인의 도움을 거부하는 사람
자신의 나쁜 운과
그치지 않고 내리는 비에 대해
불평하면서 하루를 보내는 사람은
서서히 죽어 가는 사람이다.

시작도 하기 전에 포기하는 사람

알지 못하는 주제에 대해 묻지도 않고
아는 것에 대해 물어도 대답하지 않는 사람은
서서히 죽어 가는 사람이다.

우리, 서서히 죽는 죽음을 경계하자.
살아 있다는 것은
단지 숨을 쉬는 행위보다 훨씬 더 큰 노력을
필요로 함을 기억하면서.

마샤 메데이로스

영화 〈죽은 시인의 사회〉에서 존 키팅 선생이 말하듯이, 우리는 시가 예쁘기 때문에 시를 읽고 쓰지 않는다. 우리는 인간 종족의 일원들이기 때문에 시를 읽고 쓴다. 마지막 작별의 자리에 당신은 누구를 초대할 것인가? 그 자리에서 어떤 시를 읽어 줄 것인가?

이 시 〈천천히 죽어 가는 사람*A Morte Devagar*〉은 파블로 네루다의 시로 알려졌지만, 브라질 출신의 시인이자 저널리스트인 마샤 메데이로스(1961~)의 시다. 그녀가 파블로 네루다의 시를 좋아한다고 말하며 이 시를 게재했기 때문에 잘못 알려진 듯하다.

폐는 계속 숨을 쉰다고 해서 강해지거나 폐활량이 커지지 않는다. 단지 조금 숨을 쉬면서 그것을 삶이라 부르는 것은 자기 합리화이다.

D. H. 로렌스는 말했다.

"그저 좋아하는 것을 하고 있다고 해서 자유로운 것이 아니다. 인간은 내면 가장 깊은 곳의 자기가 좋아하는 것을 할 때만 자유롭다. 그 자유에 도달하는 길이 있다. 뛰어드는 것이다."

그때 얼마나 많은 기쁜 순간들이 찾아오는지 놀라울 따름이다. 그 기쁨은 성취의 기쁨만이 아니라 나를 만난 기쁨이다. 안전한 거리를 두고 삶을 살아가는 것, 어중간한 경계인으로 인생 대부분을 보내는 것은 서서히 죽는 것과 같다.

격리

한 민족 전체의 가장 힘든 해에
가장 힘든 계절의 가장 힘든 시간에
한 남자가 아내와 함께 빈민 구호소를 떠났다.
그는 걸어서, 둘 다 걸어서, 북쪽을 향했다.

그녀는 너무 오래 굶어 열이 났고 따라갈 수가 없었다.
그는 그녀를 들어 등에 업었다.
그렇게 서쪽으로, 서쪽으로, 그리고 북쪽으로 걸었다.
밤이 내리고 얼어붙은 별 아래 도착할 때까지.

아침에 그들 둘 다 죽은 채 발견되었다.
추위 속에서, 굶주림 속에서, 역사의 부조리 속에서.
그러나 그녀의 두 발은 그의 가슴뼈에 대어져 있었다.
그의 살의 마지막 온기가
그녀에게 준 마지막 선물이었다.

어떤 낭만적인 연애시도 여기에 들어오지 못하게 하라.
여유로움에서 풍겨 나는 우아함과 육체적 관능에 대한

어설픈 찬미를 위한 자리는 여기에 없다.
단지 이 무자비한 목록을 위한 시간만이 있을 뿐.

1847년 겨울 두 사람의 죽음
또한 그들이 겪은 고통, 그들이 살았던 방식
그리고 한 남자와 한 여자 사이에 있는 것
암흑 속에서 가장 잘 증명될 수 있는 것

이반 볼랜드

‘어떤 낭만적인 연애시도 여기에 들어오게 하지 말라.’ 시인의 목소리가 크게 울린다. 연애시에 반대하는 기치를 내걸고 창작 활동을 해 온 아일랜드의 대표적 여성 시인이, 아일랜드 시문학 사상 가장 가슴 시린 사랑시를 썼다.

감동적인 사랑은 그 안에 시대의 아픔을 품고 있다. 비옥한 땅을 가진 아일랜드는 황무지나 다름없던 영국에게 800년 동안 식민 지배를 받으며 우유, 버터, 소고기, 밀가루, 사과 등 풍요로운 먹거리를 수탈당하고 자신들은 영국인들이 ‘먹을 것’으로도 여기지 않던 감자로 버텼다. 그런데 감자 마름병이 돌면서 기근이 시작되었고, 그 와중에도 영국인 지주들은 식량을 공출해 갔으며, 영국 정부는 창고가 넘쳐 나는데도 원조를 거부했다. 1845년부터 7년간 이어진 이 감자 대기근으로 240만 명이 굶어 죽거나 난민이 되어 다른 나라로 향했다. 아일랜드 역사상 가장 참혹한 사건이다.

그해 겨울, 한 남자와 여자가 빈민 구호 시설을 찾아왔다. 하지만 그곳에서도 이미 사람들이 굶주림으로 죽어 가고 있었다. 두 사람은 동토의 길을 걸어 서쪽으로, 북쪽으로 정처 없이 향했다. 여자는 너무 오래 먹지 못해 기아열에 비틀거렸고, 남자는 여자를 둘러업었다. 땅거미 질 무렵 그들이 도착한 곳은 얼어붙은 별 아래. 영혼이 꺼져 가는 여자의 언 몸을 녹여 주기 위해 남자는 그녀의 차가운 발을 자신의 심장 가까이에 댔다. 그것이 그가 줄 수 있는 마지막 선물이었다. 이튿날 아침, 두 사람은 꼭 껴안은 채 주검으로 발견되었다. 가혹한 시대와 상황이 두 사람을 '격리'시켰지만 그들은 죽는 순간까지 격리되지 않았다.

수도 더블린에서 태어난 이반 볼랜드(1944~)는 문학작품들에서 아일랜드와 시인을 '여성'에 비유하면서도 정작 여성 시인이 존재하지 않는 것에 문제를 느끼고 아일랜드 역사와 이야기 속에 '삶의 증언자'인 여성을 포함시키려는 문학적 노력을 해 왔다. 남성 중심의 시적 전통을 바꾼 그녀는 예이츠, 셰이머스 히니 같은 위대한 아일랜드 시인들에 버금가는 시인으로 꼽힌다.

미사여구가 없음에도 시를 읽다가 눈물을 흘리는 일은 흔치 않다. 이 시에 등장하는 두 사람은 패더 오레어 신부의 자서전 『나의 이야기』에 나오는 실존 인물들이다. 이야기 시, 또는 담시narrative poem의 전형은 호메로스의 서사시 『일리아드』와 『오디세이아』이다. 그러나 영웅은 대서사시 속에만 있지 않다. 비극을 넘어 끝까지 사랑을 보듬은 이들 모두가 영웅이다. 시인은 말한다. 사랑은 어둠 속에서, 즉 고난과 불행 속에서 가장 잘 증명될 수 있다고. 따라서 그것은 어떤 낭만적인 연애시보다 위대하다고.

동사 '부딪치다'

어느 날 아침
텔레비전 화면에 나온 한 명의 여성
일본 최초의 맹인 전화교환원

그 눈은 바깥세상을 흡수하지 못하고
빛을 밝게 반사시키고 있었다.
몇 해 전 실명했다는 그 눈은

사회자가 그녀의 출퇴근 모습을 소개했다.
'출근 첫날만 어머니의 도움을 받았고
그 후로는 줄곧 혼자서 출퇴근하고 있다고 합니다.'

'근무를 시작한 지 오늘로 한 달
편도로 거의 한 시간 동안 만원 전철을 타고……'
그리고 물었다.
'아침저녁으로 출퇴근하기 힘드시죠?'

그녀는 대답했다.

'네, 힘들긴 하지만
여기저기 부딪치면서 걷기 때문에
그럭저럭…….'

'부딪치면서…… 말인가요?'라고 말하는 사회자
그녀는 미소 지었다.
'부딪치는 것이 있으면
오히려 안심이 되는 걸요.'

눈이 보이는 나는
부딪치지 않고 걷는다.
사람이나 물체를
피해야만 하는 장애물로 여기며.

눈이 보이지 않는 그녀는
부딪치며 걷는다.
부딪치는 사람이나 사물을
세상이 내미는 거친 호의로 여기며.

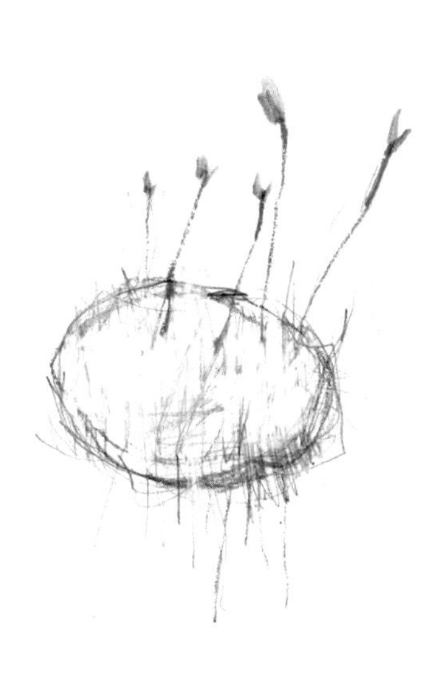

길 위의 쓰레기통이나
볼트가 튀어나온 가드레일
몸을 난폭하게 치고 지나가는 가방
울퉁불퉁한 보도블록과 조바심 내는 자동차의 경적

그것들은 오히려
그녀를 생생하게 긴장시키는 것
친근한 장애물
존재의 촉감

부딪쳐 오는 모든 것들에 자신을 맞부딪쳐
부싯돌처럼 상쾌하게 불꽃을 일으키면서
걸어가는 그녀

사람과 사물들 사이를
눅눅한 성냥개비처럼
한 번의 불꽃도 일으킴 없이
그냥 빠져나가기만 해 온 나

세상을 피하는 것밖에 몰랐던
나의 눈앞에 갑자기 나타나
세게 부딪쳐 온 그녀

피할 겨를도 없이
나가떨어져 엉덩방아를 찧은 나에게
그녀가 속삭여 주었다.
부딪치는 법, 세상을 소유하는 기술을.

동사 '부딪치다'가 그곳에 있었다.
한 여성의 모습으로 미소 지으며.

그녀의 주위에는
물체들이 북적거리고 있었다.
그녀의 눈짓 한 번에 곧바로 노래를 부를 것처럼
다정한 성가대처럼.

요시노 히로시

한 편의 시가 우리에게 와서 세게 부딪칠 때가 있다. 그때 삶의 방향이 바뀌고 세상을 보는 시각이 변한다. 사람들과 부딪치는 게 싫어 영리하게 피해 다니는 우리 앞에 ‘오히려 부딪치는 것이 있어서 안심이 된다.’라고 말하는 여성 시각장애인. 대도시 인근에 살면서 도심의 직장까지 혼자서 초만원 전철로 출퇴근한다. 그녀에게 부딪침은 타인과의 교류이고 세상과 연결되는 방법이다. ‘세상을 소유하는 기술’인 것이다. 부딪침이 있기에 길을 찾고 방향을 정할 수 있다. 그녀는 이러한 부딪침을 ‘세상이 내미는 호의’라고 말한다.

문제와 장애물에 ‘부딪치면서’ 우리는 완성으로 나아간다. 그것을 피하면 눅눅한 성냥개비가 되어 불꽃을 피울 수 없게 된다. 살아 있다는 것은 그렇게 ‘부딪쳐 오는 모든 것들에 자신을 맞부딪쳐 부싯돌처럼 상쾌하게 불꽃을 일으키는 일’이다. 성서의 〈잠언〉에도 ‘사람은 사람에게 부딪쳐야 다듬어진다.’라고 적혀 있다.

일본 현대 시인 요시노 히로시(1926~2014)는 학교를 졸업하고 석유 회사를 다니던 중 결핵에 걸려 3년 동안 요양하면서 시를 쓰기 시작했다. 결핵이라는 병에 세게 부딪침으로써 인생의 방향을 튼 것이다. 대표시로 결혼식에서 자주 낭송되는 〈축혼가祝婚歌〉, 여러 교과서에 실린 〈저녁 노을夕焼け〉, 〈I Was Born〉 등이 있다. 시의 매력과 시작법을 설명한 『현대시 입문』도 명저로 꼽힌다.

〈달팽이かたつむり〉라는 시에서 히로시는 쓴다.

자기 안에 가만히 머물러 있는 것이
왜 이렇게 견디기 어려운 것일까.

어차피 사람은
자기 밖으로 나가야만 한다.

자신을 버려 두고 가든지
자신을 끌고 가든지

결국 자기를 자기 밖으로 끌어내어
미지의 가능성을 시험해 보지 않으면 안 된다.

지금 밖으로 나가 부딪치자. '피해야만 하는 장애물'을 '친근하게' 맞이하는, 그 속에서 '존재의 촉감'을 느끼는 그녀처럼.

천사와 나눈 대화

나의 탄생을 주관한
천사가 말했다.
'기쁨과 웃음으로 만들어진
작은 존재여
가서 사랑하라,
지상에 있는
그 누구의 도움 없이도.'

윌리엄 블레이크

'한 알의 모래 속에서 세계를 보고/ 한 송이 들꽃에서 천국을 본다'라는 시로 유명한 영국 시인 윌리엄 블레이크(1757~1827)의 『격언 시편*Gnomic Verses*』에 실린 시다. 어릴 때부터 블레이크는 창가에서 신과 이야기하거나 나무 위의 천사를 보는 등 신비 체험을 했으며, 훗날 그것을 시로 표현했다. 자신에게서 그림을 배운 남동생이 젊은 나이에 폐결핵으로 죽었을 때는 동생의 영혼이 '기쁨의 박수를 치며' 하늘로 올라가는 것을 보았다. 고통과 상실을 겪지만 이 세상과 자연 속에는 순수한 아름다움이 가득하다는 것이 그의 사상이었다. 살아 있을 때는 몽상가와 미치광이 취급을 받았으나 20세기에 와서 예언자적 시인으로 평가받게 되었다.

우리 모두에게도 탄생을 주관한 천사가 있을 것이다. 연약하고 순진무구한 우리를 세상에 보내며 그 천사가 우리에게 해 준 말이 분명 있을 것이다. 그런데 무슨 이유로 우리는 우리 귀에 대고 속삭인 그 천사의 말을 잊어버리게 된 걸까?

누가 도와주거나 설명해 주지 않아도 세상은 경이로운 대상으로 가득하다. 우리의 의무는 그것들을 사랑하는 일이다. 사랑은 우리를 취약하게 만들고, 정체성을 흔들며, 과거의 상처를 상기시키기도 하지만 짧은 생 동안 진정한 기쁨을 주는 것은 사랑이다.

본래 기쁨과 웃음으로 만들어진 존재인 우리, 가끔은 자신의 탄생을 주관한 그 천사와 나눈 대화가 기억나는가?

한 가지 기술

상실의 기술을 익히기는 어렵지 않다.
많은 것들이 본래부터 상실될 의도로 채워진 듯하니
그것들을 잃는다고 재앙은 아니다.

날마다 무엇인가를 잃어버리라. 문 열쇠를 잃은 후의
당혹감, 무의미하게 허비한 시간들을 받아들이라.
상실의 기술을 익히기는 어렵지 않다.

그리고 더 많이, 더 빨리 잃는 연습을 하라.
장소들, 이름들, 여행하려 했던 곳들을
그것들을 잃는다고 재앙이 오지는 않는다.

나는 어머니의 시계를 잃어버렸다. 그리고 보라! 내가 좋아
했던
세 집 중 마지막 집, 아니 마지막에서 두 번째 집도 잃었다.
상실의 기술을 익히기는 어렵지 않다.

두 도시도 잃었다, 멋진 도시들을. 그리고 내가 소유했던

더 광대한 영토, 두 강과 하나의 대륙을 잃었다.
그것들이 그립긴 하지만 그렇다고 재앙은 아니었다.

당신을 잃는 것조차(그 농담 섞인 목소리와
내가 좋아하는 몸짓을), 나는 솔직히 말해야 하리라, 분명
상실의 기술을 익히는 것은 그다지 어렵지 않다고.
그것이 당장은 재앙처럼 ('그렇게' 쓰라!) 보일지라도.

엘리자베스 비숍

삶에서 우리가 통달해야 하는 기술에는 생존의 기술, 부의 기술, 관계의 기술 등이 있지만 이 시는 상실의 기술을 말한다. 상실의 기술을 배우지 않으면 모든 기술에 능통하다 해도 불행할 수밖에 없다. 세상의 모든 것은 언젠가는 잃어버려질 운명이기 때문이다. 상실은 인간 존재의 공통된 경험이며, 어떤 상실은 죽을 때까지 가슴에 깊은 흔적을 남긴다. 열쇠를 잃어버리거나 무의미하게 시간을 보내는 일 말고도 우리는 훨씬 큰 상실을 겪는다. '어머니와의 시간'을 떠올리는 어머니가 물려준 시계를 잃고, 좋아하는 도시와 강을 떠나야 하고, 집과 친구와 가족을 잃는다. 사랑하는 연인의 장난기 섞인 말투와 몸짓까지도! 상실이 슬픔인 것은 그 이전의 시간들이 기쁨이었기 때문이리라.

시인이며 소설가인 엘리자베스 비숍(1911~1979)의 삶은 상실의 연속이었다. 성공한 건축가였던 아버지는 그녀가 한 살도 되기 전에 죽고, 병약한 어머니는 그 충격으로 정신 질환을 앓다가 다섯 살의 비숍을 남겨 둔 채 정신병원에 영구 격리되었다. 비숍이 스물세 살 때 어머니가 사망하기까지 모녀간의 만남은 한 번도 이뤄지지 못했다. 고아나 다름없는 환경에서 비숍은 외조부모, 친조부모, 고모의 집을 전전하며 고독하고 병약한 유년기를 보냈다.

대학 시절 만난 연인은 비숍이 청혼을 거절하자 자살했다. 이후 천식과 알코올중독, 우울증 등 각종 질병에 시달려야 했다. 처음에는 피아노와 작곡을 전공했으나 청중 앞에서 공연하는 것이 싫어 영문학으로 바꿨다. 대학 졸업 후 아버지의 유산 덕분에 프랑스, 이탈리아, 스페인, 모로코 등지를 여행한 비숍은 동성 연인인 탐미주의자 건축가 로타 수아레스와 함께 브라질에서 15년간 생활했다. 이 시기에 생애 최초로 안정감과 행복을 느낀다. 두 사람의 사랑은 브라질 감독 브루노 바레토에 의해 〈드문 꽃들*Flores Raras*〉(한국어 제목 〈엘리자베스 비숍의 연인〉)이라는 제목으로 영화화되었다.

그러나 연인 수아레스의 갑작스러운 자살 후 보스턴으로 이주한 비숍은 하버드대학에서 문학을 가르치며 알코올중독과 우울증으로 고통받다가 생을 마쳤다. 그녀의 대표시 〈한 가지 기술*One Art*〉이 큰 반향을 불러일으킨 것은 이러한 거듭된 상실의 경험이 시 속에 고스란히 담겼기 때문이다. '상실의 기술'을 익히는 것은 어렵지 않았다고 고백하는 그 삶은 얼마나 아팠겠는가.

〈한 가지 기술〉을 영문으로 읽을 때 가장 먼저 눈에 띄는 것은 시의 형식이다. 빌라넬villanelle이라 불리는 프랑스풍의 목가에서 유래한 이 시 형식은 앞의 5연을 3행, 마지막 연을 4행으로 하면서 각운을 aba(마지막 연은 abaa)로 정확히 맞추는 정형시이다. 시인은 이 어려운 시 형식을 완벽하게 구사하고 있다. 그러면서도 마지막 연에서는 상실의 아픔을 단어들의 거듭된 끊김으로 표현하는가 하면, 사랑을 잃는 것은 큰 재앙이라 쓰라고 스스로에게 반어법으로 말하기까지 한다. 그 감정의 흔들림을 엄격한 정형이 끝까지 잡아 주고 있다. 얼마나 흔들렸으면 정형의 틀을 그토록 꽉 붙잡았을까 여겨지는 대목이다.

온갖 상실이 있었지만, 그럼에도 다 재앙은 아니었노라고 시는 말한다. 비숍은 이 시에 열일곱 차례나 수정을 가해 마침내 처음과는 완전히 다른 시를 탄생시켰다고 한다. 그 수정의 과정이 곧 그녀 자신이 겪은 상실들을 받아들이고 긍정하는 과정이었다. 상실을 경험한 우리의 마음이 끝없이 수정을 거듭하는 것처럼.

평론가들은 이 시를 20세기의 가장 뛰어난 시 중 하나로 꼽는데 주저하지 않는다. 무서울 정도의 완벽주의자였던 비숍은 평생 101편의 시밖에 발표하지 않았기 때문에 비교적 늦게 주목받았다. 에밀리 디킨슨 같은 독자적 영역을 가진 시인으로 평가받는다. 철저한 자아 탐구에서 시작해 인간의 보편적 문제에 이르기까지 비숍의 시는 섬세하고 사실적인 묘사로 공감을 불러일으킨다.

인간은 소유하고 경험하고 연결되기 위해 태어나지만 생을 마치는 날까지 하나씩 전부를 잃어버리는 것이 삶의 역설이다. 잃어버린 것에 아파하되 그 상실을 껴안는 것을 에머슨은 '아름다운 필연'이라 불렀다. 상실은 가장 큰 인생 수업이다.

첫눈에 반한 사랑

그들은 둘 다 믿고 있다.
갑작스런 열정이 자신들을 묶어 주었다고.
그런 확신은 아름답다.
하지만 약간의 의심은 더 아름답다.

그들은 확신한다.
전에 한 번도 만난 적이 없었기에
그들 사이에 아무 일도 없었다고.
그러나 거리에서, 계단에서, 복도에서 들었던 말들은 무엇이었는가.
그들은 수만 번 서로 스쳐 지나갔을지도 모른다.

나는 그들에게 묻고 싶다.
정말로 기억하지 못하는가.
어느 회전문에서
얼굴을 마주쳤던 순간을.
군중 속에서 '미안합니다' 하고 중얼거렸던 소리를.
수화기 속에서 들리던 '전화 잘못 거셨는데요' 하는 무뚝뚝

한 음성을.

나는 대답을 알고 있으니

그들은 정녕 기억하지 못하는 것이다.

그들은 놀라게 되리라.

우연이 그토록 여러 해 동안이나

그들을 데리고 장난치고 있었음을 알게 된다면.

그들의 만남이 운명이 되기에는

아직 준비를 갖추지 못해

우연은 그들을 가까이 끌어당기기도 하고, 멀리 떨어뜨리기도 했다.

그들의 길을 가로막기도 하고

웃음을 참으며

훨씬 더 멀어지게도 만들었다.

비록 두 사람이 읽지는 못했으나

수많은 암시와 신호가 있었다.

아마도 3년 전,

혹은 바로 지난 화요일,

나뭇잎 하나 펄럭이며

한 사람의 어깨에서 또 한 사람의 어깨로 떨어져 내리지 않았던가.

한 사람이 잃어버린 것을 다른 사람이 주웠었다.

누가 알겠는가.

어쩌면 그것이

유년 시절의 덤불 속으로 사라졌던 공일지도.

문 손잡이와 초인종 위

한 사람이 방금 스쳐간 자리를

다른 사람이 스쳐가기도 했다.

맡겨 놓은 여행 가방이 나란히 서 있기도 했다.

어느 날 밤, 어쩌면, 같은 꿈을 꾸다가

망각 속에 깨어났을지도 모른다.

모든 시작은

결국에는 다만 계속의 연장일 뿐

사건들의 책은
언제나 중간에서부터 펼쳐지는 것을.

비스와바 쉼보르스카

수많은 점들이 이어져 선이 되고, 중첩된 우연들이 모여 사랑이 된다. 그때 그것은 우연이 아니라 필연이다. 운명은 두 사람을 가까이 끌어당기기도 하고 떨어뜨려 놓기도 하면서 유희를 벌인다. 그리고 마침내 첫 만남이 일어났을 때 우리는 그것을 우연이라 여기지만, '사건들의 책'에는 오래전부터 만남이 시작되어 있었다. 다만 우리 앞에서는 책이 중간부터 펼쳐질 뿐이다.

두 사람은 같은 지역을 이사 다녔으며, 서점에서 동일한 책을 연이어 산 적도 있다. 같은 기차의 앞뒤 칸에 타고 여행한 적도 있고, 같은 카페를 한 사람은 나오고 다른 사람은 들어간 적도 있다. 같은 영화관의 다른 자리에서 같은 영화를 본 적도 있다. 한 사람의 폐에서 나온 공기가 다른 사람의 코끝에 머문 적도 있었을 것이다. 우리가 '시작'이라고 믿는 것은 단지 오래전부터 계속되어 온 사건들의 한 지점일 뿐이다. 하지만 사랑만 그러하겠는가?

현대시의 모차르트로 불리는 폴란드 시인 비스와바 쉼보르스카(1923~2012)는 초기에는 사회주의 리얼리즘에 입각한 선동적인 시를 썼으나, '정치적인 시는 신문 기사 정도의 수명밖에 갖지 못한다'는 것을 깨닫고 인간과 세상에 대한 성찰을 담은 시들을 발표하기 시작했다. 1996년 노벨 문학상이 그녀에게 주어졌을 때 세계 문단은 노벨 문학상이 제대로 수여된 몇 안 되는 시인이라며 환영했다.

'영원의 시각에서 사물을 보는 훌륭한 재능을 가진 시인'으로 평가받는 쉼보르스카는 '나의 암호는 기쁨과 절망'이라고 고백했다. 세상과 삶에 대해 경이로운 눈빛과 호기심, 슬픔을 동시에 간직한 시인이었다. 그녀는 '시인 자신을 제외하면 천 명 중에 두 명 정도밖에 시를 좋아하지 않는다.'라고 썼지만, 폴란드에서는 그녀의 시집이 유명 작가의 산문이나 소설보다 더 많이 읽힌다.

눈에 보이지 않는 수많은 연결이 우리를 희롱하는 것이 인생이라고 시인은 무심결에 말하려는 듯하다. '신의 뜻대로'를 뜻하는 아랍어 '마크툽'은 본래 '기록되어 있다'는 의미이다. 눈앞의 현상에 확신을 갖는 것은 당연한 일이다. 그러나 그 확신에 약간의 의심을 품고, 눈에 보이지 않는 배후의 일들을 의심해 보는 것은 더 타당하다.

나와 작은 새와 방울

내가 두 팔을 펼쳐도
하늘은 조금도 날 수 없지만
날 수 있는 작은 새는 나처럼
땅 위를 빨리 달리지 못해.

내가 몸을 흔들어도
고운 소리는 낼 수 없지만
저 울리는 방울은 나처럼
많은 노래를 알지 못해.

방울과 작은 새 그리고 나
모두 다르지만, 모두 좋다.

가네코 미스즈

고통 속에서 피워 낸 맑은 시에 마음이 물든다. 도쿄 이케부쿠로의 준쿠도 서점에서 가네코 미스즈의 시집을 발견했을 때의 신선한 충격을 잊을 수 없다. 30년 전까지는 일본인들도 알지 못하던 시인이다. 많은 비장하고 심각한 시집들 속에서 샘물처럼 맑고 순수한 시가 빛을 발하고 있었다. 시인의 생애를 알고 났을 때는 더 놀라지 않을 수 없었다. 어떻게 그토록 아프고 고난에 찬 삶에서 '생명의 다정함'을 노래한 시들이 탄생할 수 있었을까? 사는 것이 너무 힘들어서 세상이 그렇게 보인 걸까, 아니면 그렇게 보려고 노력한 걸까? 울고 싶은 마음을 웃음 짓게 하고, 어둠에 잠긴 영혼을 밝아지게 하는 시의 천사가 잠시 우리 곁에 왔다 간 듯했다.

가네코 미스즈(1903~1930)는 세 살 때 아버지를 여의었고, 어머니는 자식들을 친정에 맡기고 재혼했다. 스무 살 때부터 가네코는 어머니가 운영하는 서점에서 일하며 본격적으로 글을 쓰기 시작해 촉망받는 젊은 시인으로 주목받았다. 하지만 23세에 계부의 강요로 서점 직원과 결혼하면서 그녀의 삶에 더 큰 불행이 닥쳤다. 방탕하고 불성실한 남편과 불화를 겪으며 몸의 병까지 얻었으며, 남편은 그녀의 작품 활동은 물론 편지 쓰는 것까지 금지했다. 27세가 되던 해 2월 남편과 이혼한 가네코는 3월 9일 사진관에 가서 혼자 사진을 찍은 후 이튿날 수면제를 먹고 생을 마감했다.

〈이상해ふしぎ〉라는 제목의 시에서 가네코는 쓴다.

이상해서 견딜 수 없어,
검은 구름에서 내리는 비가
은색으로 빛나는 것이.

이상해서 견딜 수 없어,
초록색 뽕잎을 먹고 사는 누에가
하얗게 되는 것이.

이상해서 견딜 수 없어,
누구도 만지지 않는 박꽃이
혼자서 활짝 피어나는 것이.

이상해서 견딜 수 없어,
누구한테 물어봐도 웃으면서
당연한 거야, 하고 말하는 것이.

그러고는 세상에서 잊혀졌다. 50년 후, 한 동요 시인이 대학생 때 『일본동요집』에서 읽은 가네코의 시 한 편을 잊지 못하고 그녀 시의 행방을 수년간 찾아다녔다. 그리고 마침내 가네코의 남동생을 만날 수 있었다. 누나를 각별히 사랑한 남동생은 가네코가 죽기 직전에 맡긴 세 권의 수첩을 소중히 간직하고 있었으며, 수첩에는 512편의 시가 빼곡히 적혀 있었다. 야자키 세쓰오라는 그 동요 시인의 노력으로 1984년 세 권의 유고집이 발간되었다. 이후 가네코의 시는 크게 주목받으며 일본 초등학교 교과서에 실렸고 전 세계 언어로 번역되었다.

〈별과 민들레星とたんぽぽ〉에서 그녀는 노래한다.

파란 하늘 저 깊이
바다의 작은 돌처럼 그렇게
밤이 올 때까지 잠겨 있는
낮의 별은 눈에 보이지 않아.
 보이지 않아도 있어요
 보이지 않는 것이라도 있어요.

꽃 져서 시든 민들레
기왓장 틈에서 묵묵히
봄이 올 때까지 숨어 있는
강한 저 뿌리는 눈에 보이지 않아.
 보이지 않아도 있어요
 보이지 않는 것이라도 있어요.

동시는 아이들을 위해 쓴 시가 아니라 아이의 눈으로 세상을 보고 아이의 마음으로 노래한 시다. 어른인 체하는 마음에는 보이지 않는 것들을 찾아 세상에 대해 흥미를 잃은 마음을 각성시키는 것이 동시이다. 인생이 순탄치 않았음에도 맑은 영혼으로 시를 쓴 가네코 미스즈, 그녀의 일생은 〈밝은 쪽으로 밝은 쪽으로明るいほうへ 明るいほうへ〉라는 제목의 텔레비전 드라마로 방영되었다. 그녀가 어린 시절을 보낸 '가네코분에이도' 서점터에는 현재 그녀의 기념관이 세워져 사람들의 발길이 이어지고 있다.

가네코 미스즈
죽기 전날 사진관에서 혼자 찍은 사진

같은 내면

사랑의 축제를 위해
당신이 있는 곳으로 걸어가는 길에
어느 길모퉁이에서
늙은 거지 여인을 보았네.
그녀의 손을 잡고
가녀린 뺨에 키스를 했네.
우리는 이야기를 나누었고
그녀는 나와 똑같은 내면을 가지고 있었네.
나는 그것을 금방 알아차렸네.
개가 냄새로 다른 개를 알아보듯이
그녀에게 돈을 주었지만
그녀 곁을 떠날 수 없었네.
결국 사람은 곁에 있어 줄
누군가가 필요한 것
그리고 나는 더 이상 당신이 있는 곳으로
걸어갈 이유를 알지 못했네.

안나 스위르

이따금 우리는 '일상적으로 스쳐 지나가는 것'에서 그것 이상의 성찰을 얻는다. 우리를 구분하는 육체와 외부적인 상황들은 나침반의 바늘에 불과하다. 중요한 것은 그것을 잡아당기는 자성이다. 길에서 걸인을 지나치면서 그가 혹은 그녀가 당신과 다른 내면을 가졌다고 믿는다면 인간이 가진 공통성을 외면하는 것이다. "당신과 나, 결국 우리는 하나이다. 함께 고통을 나누고, 함께 살아가며, 그래서 영원히 서로를 재창조한다."라고 프랑스의 가톨릭 사제 테이야르 드 샤르뎅은 말했다.

사랑의 행위를 통해 우리가 도달하려고 하는 것은 '같은 내면'이다. '같은 내면'의 발견은 우리가 혼자가 아니라는 확인이다. 따라서 '같은 내면'에 이르지 못하면 그 사랑의 행위는 무의미하다. "섹스가 부족해 죽는 사람은 없다. 단지 사랑이 부족해 죽을 뿐이다."라고 어느 작가는 썼다.

사랑의 행위를 나누기 위해 사랑하는 이를 만나러 가는 길에 시인은 한 여자 걸인을 만난다. 그녀와 얘기를 나누던 중 걸인이 자신과 같은 내면을 가진 존재임을 깨닫는다. 그래서 사랑하는 남자를 잊고 그녀와 함께 있어 준다. 동정의 감정을 뛰어넘은 인간과 인간의 교감을 체험한 것이다.

안나 스위르(1909~1984)는 폴란드 바르샤바에서 화가의 딸로 태어나 가난한 성장기를 거쳤다. 일을 하면서 혼자 힘으로 대학을 다

넜고, 2차 세계대전 때는 나치 치하에서 레지스탕스 운동에 가담했다가 체포되어 처형당하기 직전에 풀려났다. 이런 경험들이 그녀의 작품에 깊은 영향을 미쳤다. 스위르는 또 여성의 육체와 사랑의 행위에 대한 매우 솔직한 시들을 썼다. 같은 폴란드 시인이며 노벨문학상 수상자인 체스와프 미워시가 그녀의 시를 영역해 세상에 알렸다. 이 시 〈같은 내면*Taka sama w środku*〉은 그녀의 대표시 중 하나이다.

또 다른 시 〈고마워, 나의 운명*Dziękuję ci, losie*〉에서 스위르는 사랑의 행위를 통해 겸손함과 생의 환희를 노래한다. 우리가 경험하는 아름다운 순간들은 우리에게 그럴 만한 자격이 있기 때문에 주어지는 것은 아니다. 그래서 우리는 겸허해지고 눈물짓게 된다.

고마워, 나의 운명
겸손이 나를 채우고
순수가 나를 채우네.
나는 내 사랑하는 사람과 사랑을 나누네.
마치 죽어 가며 사랑하듯이
마치 기도하며 사랑하듯이.
눈물이 내 팔과
그의 팔 위로 흐르네…….

고마워, 나의 운명
그럴 만한 자격이 없는 나
삶은 얼마나 아름다운가.

시 사용 허락을 받기 위해 스위르의 딸 루드밀라 아담스카와 연락이 닿았다. 루드밀라는 스위르의 영어 번역 시집 두 권을 보내주었다. 한국에서 번역되기를 희망하면서. 그 시집에 실린 〈나의 고통*Moje Cierpienie*〉이라는 시다.

나의 고통은
쓸모가 있다.

그것은 나에게
타인의 고통에 대해 쓸 특권을 준다.

나의 고통은 하나의 연필
그것으로 나는 쓴다.

생활비를 벌기 위해 하루 종일 일한 후

생활비를 벌기 위해 하루 종일 일한 후 나는 지쳤다.
이제 나의 일을 해야 할 날이
하루 더 사라졌구나 하고 생각했다.
하지만 천천히, 천천히 나의 힘이 되돌아왔다.
그래, 밀물은 하루에 두 번 차오르지.

찰스 레즈니코프

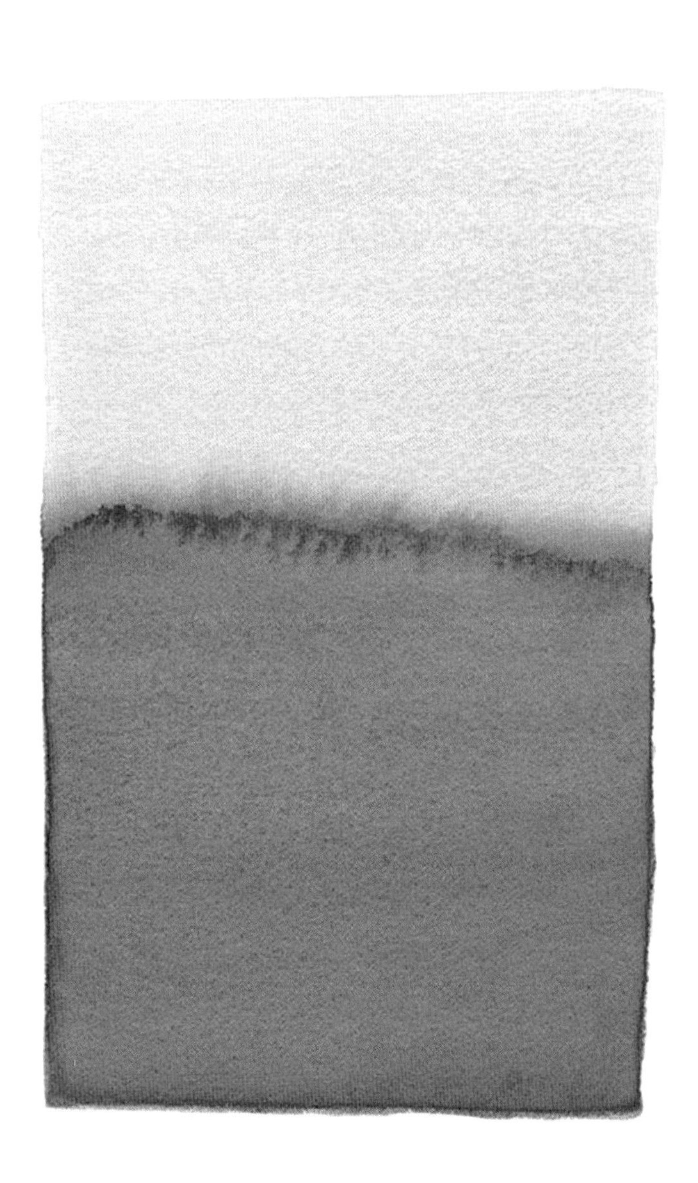

뉴욕 브루클린의 유대인 거주 지역에서 자란 소년이 있었다. 부모는 나치의 탄압을 피해 이민 온 세대였다. 아버지는 모자 공장을 운영했지만 곤궁했다. 고등학교 때부터 시를 쓴 소년은 시인 하이네와 괴테가 법률을 전공했다는 이유만으로 로스쿨에 입학했다. 우수한 성적으로 졸업한 후 뉴욕주 법정 변호사로 취직했으나 곧 그만두었다. 글을 쓸 시간이 부족하다는 이유에서였다.

그 후 모자 판매와 재판 기록 정리로 생계를 이어 가며 시집을 자비 출판했다. 그러나 아무도 관심 갖지 않았다. 결혼을 하고, 대공황이 닥치고, 가업인 모자 공장이 문을 닫았으며, 직장도 잃었다. 주급 25달러를 벌기 위해 매일 시간제로 일해야 했다. 폴 오스터가 『굶기의 기술*The Art of Hunger*』이라는 책에서 그를 예로 들 정도로 늘 허기가 졌다. 그럼에도 계속 자비 출판으로 시집을 냈다. 독자도 비평가도 무관심했다.

그렇게 이 무명 시인은 60세가 될 때까지 포기하지 않고 시를 썼다. 생계비 버는 일에 하루를 보내고 물 먹은 솜처럼 피곤했지만, '하루에 두 번' 밀물이 차오른다는 걸 믿었다. 어떤 상황에도 실망하지 않았다. 자신의 시가 언젠가는 사람들에게 전달되리라는 걸 알았기 때문이다. 백화점에서 구매 담당자에게 상품 견본을 보여 주기 위해 차례를 기다리는 동안에도 대기실 의자에 앉아서 시를 썼다. 60대 후반이 되어서야 세상이 그를 알아보기 시작했다.

이것이 시인 찰스 레즈니코프(1894~1976)의 생애이다. 그의 사후, 자비 출판했던 시집들이 꾸준히 재출간되고, 객관주의 시인으로서의 명성이 확고해졌다. 자신의 인생 자체를 객관화시켜 시의 주제로 삼았기 때문에 객관주의 시인으로 불리지만, 삶이 얼마나 힘들었으면 자신의 삶인데도 객관적으로 보려고 노력했을까 하는 생각마저 든다.

짧은 시이지만 이보다 더 절묘할 수 없다. 그는 삶의 헛된 희망에도 속지 않았지만 섣부른 절망에도 속지 않았다. 그렇다, '하루에 두 번' 틀림없이 밀물은 차오른다. 그때 우리 영혼은 비상하고, 의지가 솟고, 짧은 시간이지만 가슴 뛰는 일에 몰입한다. 평생을 무명 시인으로 보냈으나 레즈니코프의 시에는 분개하는 기색이 조금도 없다. 생계비를 버느라, 그리고 '밀물이 들어올 때'는 창작에 몰두하느라 자신의 작품이 세상에서 어떤 평가를 받는지 신경쓸 겨를이 없었다. 폴 오스터가 지적했듯이, 레즈니코프에게 있어 시는 세계를 표현하는 하나의 양식이라기보다 세계 안에 존재하는 방법이었다.

어딘가에서 누군가가

어딘가에서 누군가가
너를 향해 전속력으로 달려오고 있다.
믿을 수 없는 속도로
낮과 밤을 여행해
눈보라와 사막의 열기를 뚫고
급류를 건너고
좁은 길들을 지나.

하지만 그는 알까,
어디서 너를 찾을지.
그가 너를 알아볼까,
너를 보았을 때.
너에게 건네줄까,
너를 위해 그가 갖고 있는 것을.

존 애쉬베리, 〈북쪽 농장에서〉 일부

나는 이 시를 당신에게 읽어 주고 싶다. 아직 한 번도 만나지 못한, 어딘가에서 나를 향해 달려오고 있을 당신에게.

시의 언어란 얼마나 놀라운가? 평범한 단어들이 몇 개 모여 갑자기 특별한 의미로 마음을 파고든다. 이 시의 원제는 〈북쪽 농장에서*At North Farm*〉이다. 현대 시인 존 애쉬베리(1927~)는 어려서 화가가 되기를 꿈꾸었기 때문에 회화의 영향을 받아 '캔버스에 언어로 그린 그림'이라는 평을 들을 만큼 추상적이고 난해한 시들을 많이 썼다. "나의 시는 앞뒤 연결이 잘 되지 않는다. 삶이 그렇기 때문이다."라고 그는 말했다.

이 시는 내가 그의 대표시 〈어떤 나무들*Some Trees*〉과 함께 여러 번 암송하며 읽은 시이며, 애쉬베리라는 시인을 좋아하게 만든 시다. 당신도 그런 시가 있을 것이다. 상상력을 자극해 이 시간대를 넘어 더 넓은 어딘가에서 인생과 관계를 바라보게 하는 시가.

어딘가에서 나를 향해 달려오고 있는 당신과 마찬가지로, 나 또한 당신을 향해 달려가고 있는지도 모른다. 낮과 밤을 여행해, 수많은 정류장과 계절을 지나고, 삶의 급류들을 건너서 비로소 내가 당신을 만났을 때 우리는 서로를 알아볼까? 서로에게 건네줄까, 당신과 내가 서로에게 주려고 마음속에 간직해 온 그것을? 아니면 또다시 그냥 스쳐 지나갈까? 시간들이 우리를 마냥 외면하며 지나가는 것처럼.

사막

그 사막에서 그는
너무도 외로워
때로는 뒷걸음질로 걸었다.
자기 앞에 찍힌
발자국을 보려고.

오르텅스 블루

치유시 모음집 『사랑하라 한번도 상처받지 않은 것처럼』에 처음 이 시를 소개할 때 게재 허락을 받기 위해 연락처를 수소문했으나 찾을 길이 없었다. 파리 지하철 공사가 매년 공모하는 시 콩쿠르에서 8천 편의 응모작 중 1등으로 당선된 작품이기 때문에 지하철 공사에 전화를 걸어 문의한 끝에 어렵게 시인의 주소를 받을 수 있었다. 전화도 이메일도 없는 사람이었다. 주소로 편지를 보내고 한 달을 기다려도 답장이 없었다.

파리에 사는 화가 친구에게 찾아가 달라고 부탁했다. 겨울이었고, 아침 일찍 집 앞에 도착했는데 빌라 현관이 번호키로 잠겨 있었다. 초인종을 누르고 기다렸지만 30분이 지나도 기척이 없었다. 옆 건물 1층에 있는 빵가게에 가서 사정을 설명하자 빵가게 여주인이 오르텅스 블루를 안다며 비밀번호를 알려주어 빌라 안으로 들어갈 수 있었다.

꼭대기 층 현관에서 벨을 누르자 아시아계 남자가 문을 열었다. 오르텅스 블루의 전남편이었다. 찾아온 이유를 설명하니까 거실 테이블에 앉아 있던 오르텅스가 말했다.

"당신을 알아. 하지만 시 게재를 허락할 수 없어. 시가 완벽하지 않으니까."

어떤 점에서 시가 완벽하지 않은가 묻자 그녀는 전남편에게 '그것'을 가져오게 했다. 가로 50, 세로 30센티미터 정도의 누런 종이를 남자가 가져왔는데, 그 종이에 시가 인쇄되어 있었다. 지하철 공모전에서 시가 전시될 때 사용된 것인 듯했다. 오르텅스가 한 부분을 짚으며 말했다.

"여기 이 '너무도(불어 원문에서는 si)'만으로는 턱없이 부족하다는 말이야."

그게 무슨 말이냐고 묻자 그녀는 말했다.

"그때 내가 느낀 외로움은 이 '너무도'로는 표현이 안 돼."

그렇게 말하며 그녀는 허리를 구부렸는데, 그 모습을 보고 내 친구는 눈물이 나올 것 같았다고 했다. 그녀는 걸을 때 비틀거렸고, 몸집이 작았으며, 말랐다. 30대인데도 등이 구부정하게 휘어 있었다. 그녀는 친구에게 뭘 하는 사람이냐고 물었고, 화가라고 하자 자기도 그림을 그린다며 자화상을 보여 주었다. 볼펜과 사인펜으로 그렸는데, 입술만 붉게 칠해져 있었다. 그림이 좋다고 했더니 기분이 좋아진 그녀는 테이블 옆 단지 안에서 이것저것 꺼내 보여 주었다. 젊었을 때 어린 아들을 안고 웃는 사진, 첫사랑이 준 소품 그림 한 점, 그리고 몇몇 사진들.

〈사막*Desert*〉은 몇 해 전 정신병원에서 쓴 시라고 했다. 첫사랑과 헤어진 충격으로 정신발작을 일으켜 입원과 퇴원을 반복했다. 병이 호전되자 영화관에서 일하며 동양인 남자를 만나 가정을 꾸리고 아들을 낳았다. 하지만 정신병이 재발해 또다시 병원을 들락거리고, 이혼을 하고, 돌봐줄 이가 없어 전남편과 아들과 여전히 한 집에서 살고 있다고 했다. 집 안에는 다리가 부러진 의자가 있고, 몇 안 되는 가구는 쇠사슬로 바닥에 고정돼 있었다. 발작이 일어나면 힘이 세져 가구를 집어던지기 때문이었다.

이제는 가야겠다며 친구가 일어서자 오르텅스가 말했다.

"시가 완벽하진 않지만 당신이 좋아졌어. 그러니까 허락할게. 내 시를 책에 실어도 좋아."

'너무도'로는 도저히 표현이 안 될 만큼 고독의 밑바닥까지 간 사람, 거기서 시라는 밧줄을 붙잡고 간신히 일어선 사람이 쓴 시가 〈사막〉이다. 이 시가 소개된 후 많은 사람들이 그녀의 외로움에 공감하고 치유를 받았다는 이야기를 했다. 곁에 아무도 없을 때, 뒷걸음질로 걸어서 자기 앞에 찍힌 발자국이라도 보려는 것은 눈물겨운 생의 의지이기 때문이다.

이 시를 여기에 다시 소개하면서 사용 허락을 받을 겸 안부가 궁금하던 차에 대학생이 된 그녀의 아들과 연락이 닿았다. 그리고 오르텅스 블루와 통화할 수 있었다. 다행히 목소리가 밝았다. 그녀는 새로 쓴 시를 보내 주겠다는 약속도 했다. 다시 희망이 솟았다.

절반의 생

절반만 사랑하는 사람을 사랑하지 말라.
절반만 친구인 사람과 벗하지 말라.
절반의 재능만 담긴 작품에 탐닉하지 말라.
절반의 인생을 살지 말고
절반의 죽음을 죽지 말라.
절반의 해답을 선택하지 말고
절반의 진리에 머물지 말라.
절반의 꿈을 꾸지 말고
절반의 희망에 환상을 갖지 말라.

침묵을 선택했다면 온전히 침묵하고
말을 할 때는 온전히 말하라.
말해야만 할 때 침묵하지 말고
침묵해야만 할 때 말하지 말라.
받아들인다면 솔직하게 받아들이라.
가장하지 말라.
거절한다면 분명히 하라.
절반의 거절은 나약한 받아들임일 뿐이므로.

절반의 삶은 그대가 살지 않은 삶이고
그대가 하지 않은 말이고
그대가 뒤로 미룬 미소이며
그대가 느끼지 않은 사랑이고
그대가 알지 못한 우정이다.
절반의 삶은 가장 가까운 사람들에게 그대를 이방인으로 만들고
가장 가까운 사람들을 그대에게 이방인으로 만든다.

절반의 삶은 도착했으나 결코 도착하지 못한 것이고
일했지만 결코 일하지 않은 것이고
존재하나 존재하지 않은 것이다.
그때 그대는 그대 자신이 아니다.
그대 자신을 결코 안 적이 없기 때문이다.
그때 그대가 사랑하는 사람은 그대의 동반자가 아니다.

절반의 삶은 그대가 동시에 여러 장소에 있는 것이다.
절반의 물은 목마름을 해결하지 못하고

절반의 식사는 배고픔을 충족시키지 못한다.
절반만 간 길은 어디에도 이르지 못하며
절반의 생각은 어떤 결과도 만들지 못한다.

절반의 삶은 아무것도 할 수 없는 순간이지만
그대는 할 수 있다.
그대는 절반의 존재가 아니므로.
그대는 절반의 삶이 아닌
온전한 삶을 살기 위해 존재하는
온전한 사람이므로.

칼릴 지브란

『예언자*The Prophet*』의 시인이 온전한 삶, 온전한 사랑, 그리고 온전한 죽음의 메시지를 전한다. 어중간하게 살지 말고, 미온적으로 사랑하지 말며, 방관자적 태도로 행동하지 말라고. '큰 기쁨을 방해하는 것은 슬픔이 아니라 절반의 기쁨이며, 큰 만족을 방해하는 것은 불만족이 아니라 절반의 만족이고, 성공을 방해하는 것은 실패가 아닌 절반의 성공'이라는 말이 있듯이 나쁜 사랑은 절반만 사랑하는 것이고, 불행한 사랑은 절반만 사랑하는 사람을 사랑하는 것이다.

칼릴 지브란(1883~1931)은 레바논 베샤레의 삼나무 계곡에서 태어나 뉴욕에서 시를 쓰고 그림을 그리며 독신으로 생을 마쳤지만, 그의 정신은 일생 동안 삶에 대한 근원적인 해답을 추구했다. 우리의 삶은 지금 이 순간과의 결혼이다. 이 순간에 온전히 존재하고 온전히 사랑하는 것이 영혼을 자유케 한다.

세계적인 작문 지도 교수 나탈리 골드버그는 '뼛속까지 내려가서 쓰라'고 말했다. 그것은 모든 일에 해당된다. 뼛속까지 느끼고, 뼛속까지 사랑하고, 뼛속까지 경험하는 것. 이 지상에서 무엇인가에 온전히 마음을 쏟을 수 있다는 것은 그것만으로도 축복이다. 마음을 쏟아 어떤 일을 할 때 우리는 기쁨을 느낀다. 그리고 그것은 우리가 우리 자신에 대해 갖는 기쁨이다. 그 기쁨이 우리를 온전하게 만든다.

사랑 이후의 사랑

그때가 올 것이다.
너의 집 문 앞에
너의 거울 속에 도착한 너 자신을
기쁨으로 맞이할 때가.
미소 지으며 서로를 맞이하게 될 때가.

그에게 말하라, 이곳에 앉으라고.
그리고 먹을 것을 차려 주라.
한때 너 자신이던 그 낯선 이를 너는
다시 사랑하게 될 것이다.
포도주를 주고,
빵을 주라.
너의 가슴을 그에게 돌려주라.
일생 동안 너를 사랑한 그 낯선 이에게
다른 누군가를 찾느라
네가 외면했던 너 자신에게.
온 마음으로 너를 아는 그에게.

책꽂이에 있는 사랑의 편지들을 치우라.

사진과 절망적인 글들도.

거울에 보이는 너의 이미지를 벗겨 내라.

앉으라,

그리고 너의 삶을 살라.

데렉 월컷

사랑이 끝난 후에 당신이 사랑해야 할 사람은 바로 당신 자신이다. 그것이 '사랑 이후의 사랑'이다. 누군가를 껴안던 두 팔로 이제 자신을 껴안아야 할 시간. 타인에게 주었던 가슴을 자기 자신에게 돌려주고, 외면했던 자신과 재회해야 할 시간.

좋은 시는 마음에 와 내려앉는다. 사랑이 끝난 후에 자신을 버려둬선 안 된다고 시인은 말한다. 자신을 일으켜 세울 사람은 자기 자신뿐이라고. 문을 열고 미소로 그를 받아들이고, 의자를 권하고, 따뜻한 밥을 차려 주어야 한다. 조금은 낯설어진 그를 다시 반겨야 한다. 어려서부터 지금까지 당신을 가장 잘 알고, 변함없이 당신을 이해해 온 그를. 그동안 다른 사람을 찾느라 잠시 외면했을 뿐이다.

자기애는 연민의 눈으로 자신을 바라보는 것이 아니다. 화장을 지우듯 내가 아닌 이미지를 벗고 진정한 나와 마주보는 일이다. 더 이상 과거의 사진과 편지들에 매달리느라 자신의 삶을 쓰러뜨려선 안 된다. 이제 당신이 최고의 접대를 하고 만찬을 함께 즐겨야 할 사람은 타인이 아닌 당신 자신이다.

데렉 월컷(1930~2017)은 무려 열세 번이나 주인이 바뀐 끝에 영국 식민지가 된 서인도제도의 보석 같은 섬 세인트루시아에서 영국계 아버지와 아프리카 노예 혈통인 어머니 사이에서 태어났다. 아버지는 일찍 병으로 사망했으며, 집에서 시 낭송을 즐겨 한 어머니의 영향으로 어려서부터 시를 쓰기 시작했다. 3행시로 된 한 권의 장편 시집 『오메로스*Omeros*』로 1992년 노벨 문학상을 수상해 서인도제도의 문학이 최초로 알려지는 계기가 되었다.

문학적 성공과 달리 월컷의 사랑은 매번 실패로 끝났으며, 결혼 생활도 세 번의 이혼으로 끝이 났다. 대표시 중 하나인 이 시 속에 그 사랑과 절망이 고스란히 담겨 있다. 월컷은 또 다른 시에서 쓰고 있다.

가슴아, 넌 새가 날듯 내 가슴속에 있으니
가슴아, 넌 태양이 잠자듯 내 가슴속에 있으니
가슴아, 넌 이슬인 듯 고요히 내 안에 있으니
넌 내 안에서 우는구나, 내리는 비가 울 듯

사라짐의 기술

사람들이 '우리 전에 만난 적 있죠?' 하고 말하면
아니라고 말하라.

사람들이 파티에 초대하면
대답하기 전에
무슨 파티인지 잊지 말라.
그곳에서 누군가는 너에게
자신이 한때 시를 썼노라고 큰 소리로 말할 것이다.
종이 접시에 기름투성이 소시지를 들고서.
그것을 떠올린 다음에 대답하라.

사람들이 '우리 만나야 한다'고 말하면
'왜?'라고 반문하라.

그들을 더 이상 사랑하지 않아서가 아니다.
잊어버리기에는 너무 소중한
어떤 것을 기억하려는 것일 뿐이다.
나무들과 해 질 녘 사원의 종소리를.

그들에게 말하라, 새로운 계획이 있다고.
그 일은 언제까지나 끝나지 않을 것이라고.

누군가가 식료품 가게에서 너를 알아보면
간단히 고개를 끄덕이고 양배추가 되라.
십 년 동안 소식 없던 누군가가
문 앞에 모습을 나타내면
그에게 너의 새 노래를 전부 불러주지 말라.
결코 시간을 따라잡지 못하리라.

한 장의 나뭇잎처럼 걸어다니라.
언제든 떨어질 수 있음을 기억하라.
자신의 시간을 갖고 무엇을 할 것인지 결정하라.

나오미 쉬하브 나이

왜 나는 이 시를 옹호하고 싶어지는가? 사람들이 길에서 나를 알아보고 말을 걸면 나는 종종 '내가 아니다'라고 말한다. 인도 여행 중에 사인을 해달라거나 사진 촬영을 요청하는 사람을 만나면 나는 일본인이나 에스키모인인 것처럼 어리둥절하게 행동한다. 모임에 초청받으면 '아쉽게도 내일 아침 갑자기 히말라야 트레킹을 떠나게 되었다.'며 둘러댄다.

오만하거나 불친절하다고 욕하지 말아달라. 내가 인간을 사랑하지 않기 때문이 아니다. 나는 그저 어떤 이름에도 구애받지 않고 홀가분하게 살고 싶은 것이다. 내가 누구이고 어떤 위상을 가진 존재인가를 내보이는 만남, 가면 쓰고 모여서 서로의 가면을 칭찬하는 모임에 가지 않을 권리는 소중하다.

당신은 전에는 이곳에 없었고, 언젠가는 이곳을 떠날 것이다. 그 사이가 당신이 여기 머무는 시간이다. 생명으로 넘치고 빛이 가득한 이 행성에. 이 시가 나에게 가슴 깊이 다가온 것은 많은 모임들과 만남 요청에 끌려다니다가 어느 가을 아침 서늘한 공기와 함께 나비가 더 이상 날아오지 않는 것을 알아차렸을 때이다. 버지니아 울프가 말했다. 자기 자신 외에는 아무도 될 필요가 없다고. 꽃을 사랑한다고 말하면서 꽃에 물을 주지 않는다면 꽃을 사랑하는 것이 아니다. 자기 자신에 대해서도 마찬가지다.

나오미 쉬하브 나이(1952~)는 미국인이면서 아랍인이다(『사랑하라 한번도 상처받지 않은 것처럼』에서 이름을 '나오미 쉬하브 니예'로 잘못 표기한 것에 대해 시인께 사과드린다). 팔레스타인 출신의 아버지와 미국인 어머니 사이에서 태어나 예루살렘과 미국을 오가며 성장했다. 어려서부터 책을 읽어 준 어머니의 영향을 받아 작가가 되었으며, 열네 살 때 팔레스타인에 사는 할머니 집을 방문한 것이 그녀의 인생관을 바꿔 놓았다. 인간에 대한 통찰과 따뜻함으로 '가슴의 문학'을 해 왔다는 평가를 받는다. "내 목소리가 들리나요? 내 글을 담은 작은 배가 당신을 향해 나아갑니다."라고 그녀는 어느 글에서 썼다.

유명한 언론인 빌 모이어스가 심장수술을 한 뒤 이 시가 적힌 종이를 늘 지갑에 넣고 다녔다는 것을 기억해야 한다. 형식적이고 피상적인 만남에 시간을 빼앗기지 않고 '잊어버리기에는 너무 소중한 것'에 시간을 쏟겠다는 의지이다.

이기적이고 비사교적으로 보일 수도 있는 시가 마지막 행에 이르러 경건해진다. '한 장의 나뭇잎처럼 걸어다니라./ 언제든 떨어질 수 있음을 기억하라./ 자신의 시간을 갖고 무엇을 할 것인지 결정하라.' 이보다 더 소중한 충고가 어디 있는가.

역사책 읽는 노동자의 의문

일곱 개의 성문을 가진 테베를 누가 건설했는가?

책에는 왕의 이름들만 적혀 있다.

왕들이 울퉁불퉁한 돌 덩어리를 직접 날랐는가?

그리고 수없이 파괴되었던 바빌론

그때마다 그 도시를 누가 재건했는가?

황금으로 빛나는 리마의 건설 노동자들은

어떤 집에 살았는가?

만리장성이 완성된 날 저녁

석공들은 어디로 갔는가?

위대한 로마제국에는 승리의 개선문들로 가득하다.

누가 그것들을 세웠는가?

로마의 황제들은 누구를 딛고 승리를 거뒀는가?

끝없이 칭송되는 비잔티움제국에는 궁전들만 있었는가?

전설의 대륙 아틀란티스에서조차

바다가 그곳을 집어삼키는 밤에 사람들은

물에 빠져 죽어 가면서 그들의 노예를 애타게 불렀다고 한다.

젊은 알렉산더는 인도를 정복했다.

그 혼자서?
카이사르는 갈리아인들을 물리쳤다.
적어도 취사병 한 명은 데려가지 않았을까?
스페인의 필립 황제는 자신의 함대가 침몰하자 울었다.
그 혼자 울었을까?
프리드리히 2세는 7년전쟁에서 승리했다.
그 혼자 승리했을까?

모든 페이지마다 승리가 적혀 있다.
누구의 돈으로 승리의 잔치가 열렸을까?
십 년마다 위대한 인물이 나타났다.
그 비용은 누가 부담했을까?

너무도 많은 목록들
너무도 많은 의문들

베르톨트 브레히트

질문에 대답해 보라. 불가사의한 문화유산을 남긴 고대 이집트의 수도 테베를 왕들이 세웠나, 노동자들이 건설했나? 대성당과 광장과 수녀원들이 즐비한 페루의 도시 리마는 누구의 노동으로 완성되었나? 동로마제국의 중심지 비잔티움에는 오직 부자들만 살았나? '천재성과 용맹함'으로 켈트족(갈리아인)을 무찌른 로마의 장군 카이사르는 정말 혼자서 천재적이고 용맹했나? 무적함대라 불리던 스페인 전함들이 영국군의 공격에 침몰하고 만 명의 병력이 숨졌을 때 눈물 흘린 이는 필립 황제 혼자였나? 유럽 열강이 둘로 갈라져 싸운 7년전쟁에서 승리해 마지막 신성로마제국 황제가 된 프리드리히 2세는 얼마나 많은 이들의 희생을 딛고 그 자리에 올랐나? 너무도 많은 목록들, 너무도 많은 의문들.

베르톨트 브레히트(1898~1956)는 독일의 시인이자 극작가로 나치를 피해 망명 후 유럽과 미국을 전전하며 작품 활동을 했다. '아우슈비츠 이후 서정시는 불가능하다.'는 유명한 말을 남겼으며, 대표 시집 『시를 쓰기 어려운 시대*A Bad Time for Poetry*』가 있다.

역사 속 사건들을 나열하며 시인은 우리가 당연히 받아들이는 것에 근본적인 질문을 제기한다. 역사의 기록 자체가 불공정하다. 그 속에 노동자와 병사들에 대한 존경과 감사는 없다. 승리는 언제나 권력자들의 몫이고 희생은 민중의 몫이다. 답해 보라. 오늘날 우리의 국가와 공동체는 누구 힘으로 유지되고 있는가?

선택

내가 원하는 것을
할 수 없다면
내가 해야 할 일은
내가 원하지 않는 일을
하지 않는 것.

그 둘이 같지는 않지만
그것이 내가 할 수 있는
최선의 일.

내가 원하는 것을
가질 수 없다면
내가 해야 할 일은
이미 갖고 있는 것을
원하는 일.
그리고 아직 원할 것이
더 남아 있다는 사실에
만족하는 일.

내가 가야만 하는 곳에
갈 수 없을 때
비록 나란히 가거나
옆으로 간다 할지라도
그저 표지판이 가리키는 곳을
따라갈 뿐.

내가 진정으로 느끼는 것을
표현할 수 없을 때
내가 표현할 수 있는 것을 느끼려고
나는 노력한다.
그 둘이 같지 않다는 것을
나는 안다.
그러나 그것이 왜 인간만이
수많은 동물 중에서 유일하게
우는 법을 배우는가의 이유이다.

니키 지오바니

원하지 않는 것을 하지 않는 것은 원하는 것을 하는 것만큼이나 중요한 선택이다. 혹은 더 중요할지도 모른다. 원하지 않는 일을 하면 결국 원하는 일을 할 수 없게 되기 때문이다.

'하지 않는 쪽을 선택하겠다'는 우리가 흔히 사용하는 어법이 아니다. 삶이 곤궁했을 때 나는 내가 원하는 일을 할 수 없기 때문에 괴로웠다. 삶에 실패하고 있다고 느꼈다. 누구나 그런 경험이 있을 것이다. 어느 날 밤 바닷가에 누워 카시오페아자리를 바라보면서 나는 한 가지 결심을 했다. 내가 원하는 것을 할 수 없다면, 적어도 내가 원하지 않는 것은 하지 않겠다고. 그리고 모래를 털고 일어났다. 그것은 작은 결심이었지만 내 삶의 큰 줄기를 형성했다. 그때는 카시오페아가 육안으로 94개의 별을 볼 수 있는 별자리라는 걸 몰랐었다.

이 시는 '선택'에 대해 말하지만, 사실은 '선택할 수 없을' 때 어떤 선택을 해야 하는지 말한다. 진정으로 원하는 선택을 할 수 없을 때 '할 수 있는 일'이 무엇인지를. 원하지 않는 것을 하지 않기로 마음먹는 것은 원하는 것을 향한 문을 열어 준다.

당신이 '하지 않는 쪽'을 선택하면 사람들은 그 이유를 물을 것이다. 굳이 타인에게 이유를 설명할 필요는 없다. 단지 이렇게 되물으면 된다.

"그 이유를 모르겠어요?"

미국 시인 니키 지오바니(1943~)는 어렸을 때 감기에 자주 걸려 학교 결석이 잦았고, 덕분에 집에서 독서에 파묻힐 수 있었다. 흑인 시민 운동에 앞장서서 유명해졌으며, 사랑과 성, 분노, 슬픔, 인종, 정치 권력, 폭력 등을 아우르는 시를 써 왔다. 오프라 윈프리는 미국의 25명의 '살아 있는 전설'에 지오바니를 포함시켰다.

매 순간, 매일, 매번 우리는 갈림길에서 결정을 해야 한다. 삶에 갇힌 영혼들이지만 우리가 결정할 수 있는 일들이 있다. 울고 싶을 때는 울어야 한다. 그러나 타협하지는 말아야 한다. 삶의 표지판들은 우리 자신이 만들어 나가는 것이다.

『백경*Moby Dick*』의 작가 허먼 멜빌은 말한다.

"내가 가장 쓰고 싶은 글은 금지되고 팔리지 않을 것이라는 예감이 듭니다. 하지만 나는 다른 식으로는 쓰지 않겠습니다."

'하지 않겠다'는 결코 부정적인 선택이 아니다. 그것만큼 자신에게 신념을 주는 긍정적인 선택도 없다. 많은 이들이 원하는 곳에 이르기 위해 먼저 원하지 않는 선택을 함으로써 삶의 방향을 잃어버리기 때문이다. 삶은 내가 선택한 것들뿐 아니라 '하지 않기로 선택한 것들'로도 이루어진다.

평범한 사물들의 인내심

그것은 일종의 사랑이다, 그렇지 않은가?
찻잔이 차를 담고 있는 일
의자가 튼튼하고 견고하게 서 있는 일
바닥이 신발 바닥을
혹은 발가락들을 받아들이는 일
발바닥이 자신이 어디에 있어야 하는지 아는 일

나는 평범한 사물들의 인내심에 대해 생각한다.
옷들이 공손하게 옷장 안에서 기다리는 일
비누가 접시 위에서 조용히 말라 가는 일
수건이 등의 피부에서 물기를 빨아들이는 일
계단의 사랑스러운 반복
그리고 창문보다 너그러운 것이 어디 있는가?

팻 슈나이더

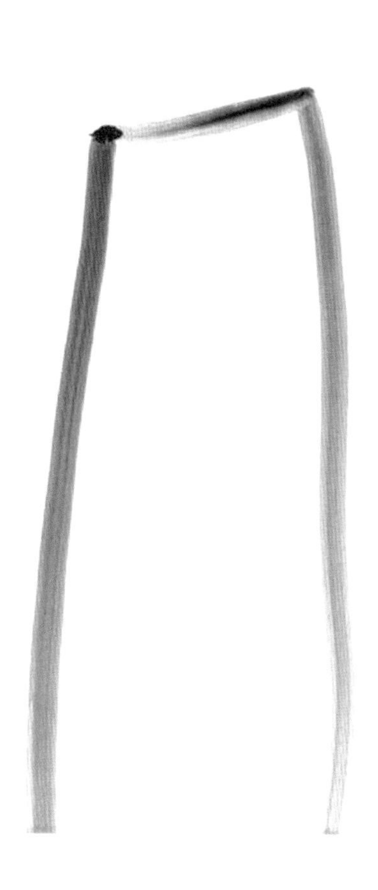

일상의 사물에서 의미를 발견하지 못하면 일상의 범위를 벗어난 것은 더 알아차리기 힘들다. 개미와 풀꽃의 존재를 알아차리지 못하면 신의 존재도 알 수 없다고 독일의 사상가 마이스터 에크하르트는 말했다.

우리는 평범한 것들과 사랑에 빠져야 한다. 무한한 인내심을 가지고 우리의 삶을 지지해 주는 것들과. 평범한 사물들의 미덕은 얼마나 융숭한가. 입어 줄 때까지 옷걸이에 걸려 있기를 마다하지 않는 바지, 더러운 발도 묵묵히 받아들이는 양말, 어떤 입술에도 아부하는 숟가락의 매끄러움, 밤새 앉아 울어도 품어 주는 의자, 진짜 얼굴을 감추는 행위를 묵인하는 거울의 너그러움……. 그것은 사랑이다, 그렇지 않은가?

밤을 비추기 위해 낮부터 서 있는 전신주들, 어떤 말들도 통과시켜 주는 전화기, 손을 내밀어야만 문이 열린다는 것을 가르쳐 주는 손잡이들……. 사물들의 무한한 지원 없이 우리가 어떻게 하루하루를 빛나게 살 수 있는가? 그 지원 속에서도 밝게 살지 않는다면 잘못 아닌가? 어느 날 모든 사물들이 인내심을 잃고 반란을 일으킨다면, 의자가 엎어지고 거울이 마음에 안 드는 얼굴을 거부한다면, 안경이 제멋대로 상을 왜곡시키고 찻주전자가 자기 학대로 주둥이를 막아 버린다면, 우리 삶은 아무것도 아니리라.

팻 슈나이더(1934~)는 시인이며 극작가, 오페라 대본 작가이다.

어렸을 때 홀로 된 어머니가 직장을 구해 떠나는 바람에 장학생으로 대학에 입학할 때까지 고아원에서 생활했다. 이 경험이 그녀의 문학 세계에 영향을 주어, 가난과 불운 때문에 소외된 사람들을 위한 문학 활동을 평생 이어 왔다. '인간은 글을 쓰는 동물'이라는 인식을 가지고 고아원, 감옥, 말기 환자 병동 등 다양한 곳에서 사람들이 자신의 이야기를 글로 표현하도록 지도해 왔다.

시 사용 허락을 요청했을 때 가장 먼저 답장을 준 이가 이 시인이다. 그리고 며칠 후 자신의 시집을 부쳐 왔다. 감사하다는 손편지와 함께. 인간은 때로 '창문보다' 너그럽고, 나선형 계단보다 부드럽다.

삶은 둘로 나뉜다. 모든 것에서 아름다움을 발견하거나, 어떤 것에서도 발견하지 못하거나. 주위의 사물을 통해 당신이 세상과 다시 사랑에 빠지는 그날이 올 것이다. 그리고 이렇게 말할 것이다. '전에는 어떻게 이것들을 못 볼 수가 있었지?' 평범한 것들에 대한 특별한 느낌, 일상성의 회복, 그리고 내 옆에 늘 있어 준 것들에 대한 감사, 이것이 이 시의 주제이고 우리 삶의 주제이다.

모든 진리를 가지고 나에게 오지 말라

모든 진리를 가지고 나에게 오지 말라.
내가 목말라한다고 바다를 가져오지는 말라.
내가 빛을 찾는다고 하늘을 가져오지는 말라.
다만 하나의 암시, 이슬 몇 방울, 파편 하나를 보여 달라.
호수에서 나온 새가 물방울 몇 개 묻혀 나르듯
바람이 소금 알갱이 하나 실어 나르듯.

올라브 H. 하우게

어떤 시인은 시뿐만 아니라 삶으로도 마음을 사로잡는다. 노르웨이를 대표하는 3인의 현대 시인 중 한 명인 올라브 H. 하우게(1908~1994)는 해안 마을 울빅에서 태어나 그곳에서 평생을 살았다. 자신이 직접 가꾸는 70그루의 사과나무에서 나는 사과에 의지해 생계를 이었다. 하우게의 집을 방문한 사람들은 그가 나무를 깎아 만든 스푼과 식기, 나무의자, 책꽂이들을 보고 놀라곤 했다.

시인은 거대 빙하들이 만든 피요르드 해안과 호수들이 있는 마을에서 일생을 보냈다. 거기서 얻은 영감이 이 시 속에 녹아 있다. 새는 호수에서 물방울 몇 개만 묻혀 나를 수 있고, 바람은 바다에서 소금 몇 알갱이만 실어 나를 뿐이다. 그 물방울 몇 개, 소금 알갱이 몇 개를 가지고 우리는 호수와 바다로 가는 길을 스스로 찾아야 한다. 불확실한 길이지만 거기에 추구의 묘미가 있다.

만약 당신이 모든 진리를 알고 있다면 나는 당신이 내게 오는 것을 사양한다. 천국에 이르는 길, 진리를 깨닫는 모든 방법을 내게 주고자 한다면 사절한다. 누군가가 모든 해답을 알고 있다고 주장하면 그를 따르지 말 일이다. 그 해답은 당신의 목적지가 아니라 그의 목적지로 데려갈 것이기 때문이다. 그것은 세상을 이해하는 방식이 아니다. 삶의 의문은 다른 사람이 가져다주는 해답으로는 풀리지 않는다. 빛을 찾는 당신에게 누군가가 하늘을 가져다준다면 오히려 당신은 눈이 멀 것이다. 자신이 답을 알고 있다고 말하는 자는 언제나 거리를 두고, 경이로움 속에 웃는 이와 함께해야 한다.

일생 동안 소박한 삶을 산 농부답게 하우게는 주로 짧은 시를 썼으며 독학으로 영어, 불어, 독어를 익혀 책과 문학에 파묻혀 살았다. 이십 대 후반에 몇 차례 정신병원을 드나든 까닭에 늦게 문단에 등장했지만 8권의 시집을 썼고, 예이츠와 랭보와 브레히트 등의 작품을 모국어로 번역했으며, 5권 분량의 일기를 남겼다.

로버트 블라이는 하우게의 시집 서문에 이렇게 썼다.

"만약 당신이 작은 과수원을 가지고 있다면, 당신은 과수원보다 시를 더 사랑하게 될 것이다. 그리고 만약 당신이 그 과수원에서 난 사과를 팔아서 생계를 잇는다면, 당신은 사과보다 시를 더 사랑하게 될 것이다."

65세에 하우게는 22살 연하의 화가 보딜 카펠렌과 결혼했다. 그가 드물게 참석한 시 낭송회에서 만난 두 사람은 곧 사랑에 빠졌다. 처음 하우게의 집에 들어선 카펠렌은 자신이 그곳에서 살게 될 것을 예감했다. 두 사람은 20년을 함께 살았고, 하우게가 85세에 먼저 세상을 떴다. 병을 앓지는 않았으며, 스스로 열흘 동안 음식을 끊고 책을 읽던 의자에 앉아 숨을 거뒀다.

하우게의 또 다른 시 〈언덕 꼭대기에 서서 소리치지 말라*Don't Stand There Shouting On A Hilltop*〉도 노르웨이의 많은 사람들이 애송하는 시다.

저기 언덕 꼭대기에 서서
소리치지 말라.
물론 당신이 하는 말은
옳다, 너무 옳아서
그것을 말하는 것 자체가
소음이다.
언덕 속으로 들어가라.
그곳에 당신의 대장간을 지으라.
그곳에 풀무를 세우고
그곳에서 쇠를 달구고
망치질하며 노래하라.
우리가 그 노래를 들을 것이다.
그 노래를 듣고
당신이 어디 있는지 알 것이다.

방문

종이에서 고개를 들었을 때
방에 천사가 서 있었다.
낮은 계급으로 보이는
약간은 흔한 천사.

넌 상상도 할 수 없어, 그 천사가 말했다.
네가 얼마나 평범한 존재인지.
네가 무엇을 하든 하지 않든
파랑색이 가진 만 오천 가지 색조 중
단 하나만큼도
세상에 차이를 가져다줄 수 없어.
거대한 마젤란 성운의 돌은 말할 것도 없고
가장 흔한 질경이 풀조차
눈에 띄지 않지만 흔적을 남기지.

나는 그의 빛나는 눈을 보고 그가 논쟁을,
긴 싸움을 하고 싶어 한다는 걸
알아차렸다.

나는 가만히 있었다.

그리고 침묵 속에 기다렸다.

그가 사라질 때까지.

H. M. 엔첸스베르거

많은 천사들이 우리를 위해 나타난다. 그중에는 가짜 천사도 적지 않다. 우리가 백지를 앞에 놓고 시를 쓰려고 하고 그림을 그리려고 할 때, 혹은 무엇인가를 구상하고 버킷 리스트를 작성하고 인생과 세상을 바꿀 계획을 세우고 있을 때, 그들은 노크도 없이 우리 앞에 등장한다. 그리고 시작도 하기 전에 충고한다.

"네가 뭘 할 수 있다고 그래? 너의 주제를 알아야지. 넌 미미한 존재야. 네가 세상을 어떻게 바꾸겠어? 그러니 시키는 일이나 하면서 살아야 해."

천사를 가장한 그들이 눈을 빛내며 '안전한 길로 가라'고 충고할 때, 논쟁하지 말라. 논쟁은 그들에게 먹이를 주는 일이다. 그들은 더 많은 논리를 끌어와 당신이 질경이 풀보다 못한 존재라는 걸 증명하려 할 것이다. 그들이 포기하고 떠날 때까지 가만히 기다리라. 그 가짜 수호천사는 당신 생각 속에 있을 수도 있다. 수시로 당신의 기를 꺾으면서.

독일 시인 한스 마그누스 엔첸스베르거(1929~)는 시집 『늑대들의 변명*Verteidigung der Wölfe*』으로 게오르크 뷔히너 상을 수상하면서 전후 독일의 대표 시인으로 자리 잡았다. '시는 누군가를 향해야 하고, 누군가를 위해 쓰여져야 한다'는 시론을 밝히고, 강한 정치적 비판이 담긴 시와 사회 평론을 써 왔다.

시는 시인의 목소리이면서 동시에 우리 자신의 목소리이다. 시는 우리가 몰랐던 진리들을 가르쳐 주지는 않는다. 우리는 그것들을 알고 있었다. 다만 잊고 있었을 뿐이다.

우리는 우리가 생각하는 것보다 더 많은 선택권을 갖고 있다. 눈에 안 띄는 풀꽃도 대성운의 가치에 맞먹는다. 가짜 천사들은 우리를 위하는 척하면서 복종을 요구하고, 꿈의 포기를 설득하고, 숫자로 전락하기를 원한다. 그들을 설득하느라 소중한 시간을 낭비하지 말라. 당신의 삶이지 그들의 삶이 아니기 때문이다.

페르시아 시인 루미는 썼다.

> 눈먼 자들의 시장에서 거울을 팔지 말라.
> 귀먹은 자들의 시장에서 시를 낭송하지 말라.

생에 감사해

생에 감사해, 내게 많은 걸 주어서.
눈을 뜨면 흰 것과 검은 것
높은 밤하늘을 수놓은 별들
그리고 군중 속에서 내 사랑하는 사람을
온전히 알아보는
샛별 같은 눈을 주어서.

생에 감사해, 내게 많은 걸 주어서.
귀뚜라미 소리, 새소리
망치 소리, 기계 소리, 개 짖는 소리, 소나기 소리
그리고 사랑하는 이의 부드러운 목소리를
밤낮으로 들을 수 있는 귀를 주어서.

생에 감사해, 내게 많은 걸 주어서.
소리와 글자를 주어
그것들로 단어들을 생각하고 말할 수 있게 해 주어서.
'엄마', '친구', '형제자매'
그리고 사랑하는 영혼의 길을 비추는

'빛' 같은 말들을.

생에 감사해, 내게 많은 걸 주어서.
지친 다리로도
도시와 물웅덩이, 해변과 사막, 산과 들판을
그리고 당신의 집, 당신의 길, 당신의 정원을
걸을 수 있는 힘을 주어서.

생에 감사해, 내게 많은 걸 주어서.
인간의 정신이 맺은 열매를 볼 때
악에서 멀리 있는 선을 볼 때
그리고 당신의 맑은 눈의 깊이를 볼 때
내 고정된 틀을 흔드는 심장을 주어서.

생에 감사해, 내게 많은 걸 주어서.
웃음과 눈물을 주어서.
그것들로 행복과 고통을 구별할 수 있게 해 주어서.
그 웃음과 눈물로 내 노래가 만들어졌지.

당신의 노래도 마찬가지
우리들 모두의 노래가 그러하듯이
나의 이 노래도 마찬가지

생에 감사해, 내게 너무 많은 걸 주어서.

메르세데스 소사(칠레 가수 비올레타 파라 원곡)

고대부터 중세에 이르기까지 시인들은 문자로 쓰지 않고 자작시를 노래한 트루바두르, 즉 음유시인이었다. 영혼에게는 문자가 필요없기 때문이다. 그리고 그들의 시는 암송되어 전해졌다.

메르세데스 소사(1935~2009)는 뉴욕 링컨센터, 카네기홀, 바티칸의 시스티나 성당 등에서 전석 매진 공연을 하고 그래미 상과 라틴 그래미 최우수상을 수차례 받은 전설적인 가수이다. 아르헨티나의 시골에서 태어나 15세에 라디오 방송 노래 경연에서 우승해 가수가 되었다. 머리카락이 칠흑 같아 '라 네그라(검은 여인)'라는 별명으로 불렸으며, 라틴아메리카 음악 운동인 누에바 칸시온에 앞장섰다. 에디트 피아프를 이은 최고의 디바였다.

좋은 곡이 셀 수 없이 많은 소사의 노래들은 중남미 군사정권 시절 자유와 희망을 상징하는 저항 음악이며 민중가요였다. 공연 중 체포되어 감옥에 갇혔으며, 국제적인 비난이 거세지자 유럽으로 추방당했다. 다시 본국에 돌아왔을 때 청중의 우레 같은 박수 속에서 울먹이며 부른 노래가 〈생에 감사해*Gracias a la Vida*〉이다.

어떤 일들은 우리 삶에 축복을 주고, 어떤 일들은 고통을 안긴다. 폭풍의 언덕에 서게 한 이도 있고, 햇빛을 비춰 준 이도 있다. 파란만장한 삶을 산 가수가 "생에 감사해, 너무 많은 걸 주어서!" 하고 노래한다. 그라시아스 아 라 비다! 인생이 준 모든 것에 감사하다고. 나의 삶, 너의 삶, 우리 모두의 삶이 같은 노래라고.

눈사람

겨울의 마음을 가져야 한다.
서리와 눈 덮인 소나무
그 나뭇가지를 응시하려면.

오랫동안 추워 봐야 한다.
얼음으로 뒤덮인 노간주나무와
저 멀리 반짝이는 일월의 햇빛 속
거친 가문비나무를 바라보려면.

바람이 내는 소리
몇 남지 않은 나뭇잎이 내는 소리에서
어떤 비참함도 생각하지 않으려면.

그 소리는 대지가 내는 소리
헐벗은 장소에서 부는
바람으로 가득한 소리

눈 속에서 귀 기울여 들으며
스스로 무가 된 자는
그곳에 없는 무와
그곳에 있는 무를 본다.

월러스 스티븐스

눈사람의 마음을 가진 사람은 겨울이 춥지 않다. 어떤 옷으로도 자신을 감싸지 않고 오랫동안 추워 본 사람은 겨울이 불행하지 않다. 때로는 잎과 열매를 다 벗어던진 겨울나무로 결연히 서 있을 수 있어야 한다. 그것이 자기 자신의 실체와 마주하는 길이고, 욕망의 투영 없이 세상을 있는 그대로 직시하는 길이다.

이십 대 초반에 나는 불가피하게 일 년 넘게 길에서 생활한 적이 있다. 건물의 그늘과 모퉁이마다 찬바람이 불었다. 실존적으로도 추위가 엄습해 왔다. 어디에서도 추위를 피할 수 없었다. 그 추위와 고독을 적극적으로 끌어안지 않으면 더 견딜 수 없었다. 내 생애를 통틀어 진정한 나 자신과 가장 가까이 만난 시기였다.

얼마나 놀라운 전환인가, 눈사람의 마음을 가진 사람은 겨울이 춥지 않다니! 이미 겨울과 하나가 되었기 때문에 눈사람은 자신을 불행하다고 여기지 않는다. 스스로 무가 된 사람은 인생의 추위와 세상에 부는 공허한 바람에 쉽게 흔들리지 않는다. 무심한 눈사람처럼, 잎을 벗어던진 나목처럼 자신을 비울 수 있어야 한다. 그것이 자신의 실체와 마주하는 길이다.

월러스 스티븐스(1879~1955)는 하버드대학과 뉴욕대학을 졸업하고 평생을 보험회사 간부로 일하며 『손풍금*Harmonium*』, 『푸른 기타를 가진 사나이*The Man with the Blue Guitar*』 같은 뛰어난 시집들을 발표했다. 직장인으로서의 삶과 시인으로서의 삶을 철저히 분리했기 때문에 직장 동료들조차 그가 유명한 시인이라는 사실을 알지 못했다.

에즈라 파운드와 함께 미국시에 상징주의 기법을 도입한 스티븐스는 선불교와 일본 하이쿠의 영향을 받아 쓴 시 〈검은 새를 보는 13가지 방법*Thirteen Ways of Looking at a Blackbird*〉에서 독창적인 시 세계를 선보였다. 인간은 죽을 수밖에 없는 존재이며, 모든 사물은 유한하기 때문에 존재하는 것은 무엇이든 아름답다는 사상, 그리고 눈에 보이는 것과 보이지 않는 것은 하나라는 세계관을 추구했다. 대표시 〈눈사람*The Snow Man*〉은 평론가들로부터 뛰어난 영시 중 하나로 평가받는다.

십자가의 성 요한은 '모든 것을 가지려면 아무것도 갖지 않아야 한다.'라고 했다. 어떤 것의 실체를 보려면 자신이 먼저 헐벗을 수 있어야 한다고 시인도 말한다. 자기 치장과 꾸밈을 버리고 한겨울 속에 서 있을 수 있어야 한다고. 세상이 부여한 이미지들을 벗고 눈사람의 자세로 살아가야 한다고. 그런 사람의 삶은 겨울 소나무처럼 경건하다.

넓어지는 원

넓은 원을 그리며 나는 살아가네
그 원은 세상 속에서 점점 넓어져 가네
나는 아마도 마지막 원을 완성하지 못할 것이지만
그 일에 내 온 존재를 바친다네

라이너 마리아 릴케, 〈넓어지는 원〉 일부

언어의 거장으로 불리는 릴케(1875~1926)가 우리는 동심원을 그리며 인생을 살아간다고 말한다. 그 원은 세상 속에서 점점 확대되어 가며, 아마도 마지막 원은 어디선가 미완성으로 끝날 것이다. 그러나 우리가 할 일은 마지막까지 그 원을 넓히는 일이다.

체코 프라하에서 미숙아로 태어난 릴케는 9세 때 부모가 이혼했으며, 군사학교에 입학했으나 몸이 병약해 중퇴했다. 이후 각지를 유랑하며 고독, 불안, 죽음에 대해 번뇌하다가 만년에는 산중에 있는 성에서 고독하게 생활했다. 그러나 자아의 원을 넓히는 일에 생을 바쳐 『말테의 수기』, 『두이노의 비가』, 『오르페우스에게 바치는 소네트』 등의 대작이 주로 만년에 탄생했다.

두 종류의 사람이 있다. 살아 나가면서 원이 넓어지는 사람과 좁아지는 사람. 타인이 들어올 수 없는 옹색한 원을 가진 이가 있는가 하면, 세상에 대한 무한한 수용으로 신까지도 그 원 안에 들어올 수 있는 사람이 있다. 릴케가 우리에게 묻는다. 지금 어떤 원을 그리며 살고 있는가? 메리 올리버는 썼다.

너 자신을 사랑하라.
그런 다음 그것을 잊으라.
그런 다음 세상을 사랑하라.

꽃 피우는 직업

성장하는 것에 온전히 사로잡힌
아마릴리스.
특히 밤에 자라며
동 틀 때까지 자리를 지키고 앉아 바라보는 데는
내가 가진 것보다 약간의 인내심만
더 필요할 뿐
육안으로도 시간마다 키가 크는 걸 볼 수 있다.
해마다의 성장을 자랑스럽게 뛰어넘으며
헛간 문에 키를 재는 아이처럼
착실히 올라가는
매끈하고 광택 없는 초록색 줄기

어느 날 아침, 당신이 일어났을 때
그토록 빨리 첫 번째 꽃이 핀다.
혹은 짧은 머뭇거림의 한순간
막 피어나려는 걸 당신은 포착하리라.
다음 날, 또 다음 날
처음에는 새끼 망아지처럼 수줍어하다가

셋째 날과 넷째 날에도 망설이다가
마침내 튼튼한 기둥 꼭대기에서
의기양양하게 꽃이 피어난다.

만일 사람이 저토록 흔들림 없는
순수한 추진력에 이끌려
한눈 팔지도 서두르지도 않고
온 존재로 꽃을 피울 수 있다면!
우리 자신을 가지고
꽃을 피울 수 있다면,
불완전한 것은 아무것도 없는 꽃을
불완전한 것조차 감추지 않는 꽃을!

드니스 레버토프, 〈꽃 피우는 직업〉 일부

시인은 혼자 시를 쓰지만, 그 시는 많은 이들이 감상한다. 밤새워 한 송이 꽃을 피워 낸 구근식물이 그렇듯이. 아마릴리스는 수선화과에 속하는 여러해살이 꽃으로 '눈부신 아름다움', '침묵', '자랑스러움' 등 꽃말이 여럿이다. 봄에 시장통 좌판에서 흙 묻은 아마릴리스 구근 파는 것을 볼 수 있다. 한 뿌리를 심으면 해마다 뿌리가 는다. 둥근 구근에서 봄부터 싹을 내밀어 길게 꽃대가 자라다가 밤 사이에 꽃을 피운다. 우리나라에서는 제주도에서만 노지 월동이 가능하다. 서귀포에 살 때 돌담 옆에 핀 이 꽃을 더러 본 적이 있다. 아름다운 꽃이 그렇듯 개화 기간은 아쉬울 만큼 짧다!

드니스 레버토프(1923~1997)는 영국 출생의 미국 시인으로 웨일스 출신의 어머니와 하시디즘(유대교 신비주의)을 따르는 독일계 유대인 아버지 사이에서 태어났다. 아버지의 신비주의적 종교 성향이 "나의 세포를 구성했다."라고 말할 정도로 깊은 영향을 받았다. 학교를 다니지 않고 집에서 문학, 미술, 음악, 무용 등 전 과목을 배웠다. 자신이 예술가가 될 운명임을 느낀 드니스는 어렸을 때 이미 시인이 되겠다고 선언했다. 열두 살에 자작시 몇 편을 영국 시문학의 거장 T. S. 엘리엇에게 보냈으며, 엘리엇은 두 장에 달하는 격려 편지를 보내 주었다. 30대 후반에는 베트남 전쟁 반대 운동에 뛰어들고, 인생 후반기에는 MIT, 스탠포드대학에서 시를 강의했다. 퇴임 후에는 미국과 영국을 여행하며 시 강의와 시 낭송을 하는 한편 미국의 이라크 침공을 강력히 규탄했다. 림프종 암에 걸린 후에도 마지막 순간까지 영성과 시문학 강연을 했다. 그녀의 인생 자체가 열정적으로 꽃을 피운 아마릴리스였다.

나도, 당신도, 그렇게 꽃을 피워 올리고 있는가? 흔들림 없는 추진력에 이끌려 온 존재로 꽃대를 밀어 올리고 있는가? 시인은 자신이 말하고 싶어 하는 두세 줄의 문장을 쓰기 위해 인내심을 가지고 긴 시를 쓰는 경우가 있다. 아마릴리스가 오랜 시간 노력한 끝에 마침내 줄기 끝에서 한 송이 선홍색 꽃을 피우듯이, 시인은 동이 틀 때까지 밤새 자리를 지키고 앉아 침착하고 끈기 있게 아마릴리스가 피어나는 모습을 묘사해 나간다. 그런 다음 마침내 자신이 마음에 품었던 메시지를 전한다. 그리고 독자 또한 인내심을 가지고 시를 읽어 내려간 후에 그 중요한 메시지에 도달한다.

'우리 자신을 가지고 꽃을 피울 수 있다면! 불완전한 것이 없는, 아니 불완전함조차 감추지 않는 꽃을!'

어머니는 최고의 요리사

어머니가 처음 외식을 한 것은
결혼 25주년 기념일에
패터슨시의 이태리 식당에서였다.
그리고 두 번째 외식은 결혼 50주년 기념일에
와이코프시에 있는 '쇠주전자의 집'이라는 식당이었다.

"내가 이 음식보다 더 잘 만들 수 있어."라고
어머니는 말했지만,
나는 어머니가 행복해한다는 걸 알았다.
비록 인정하진 않으셨겠지만.

삼등 선실을 타고
이태리에서 페터슨시로 이민 온 후
어머니는 그곳에 사는 것에 만족하셨다.
어머니는 최고의 요리사였으며
식당에 갈 필요가 없었다.
가난했지만 집을 좋아했고
한 번도 여관에서 자거나 휴가를 간 적도 없으며

그런 걸 원치도 않았다.

아래층 주방에서 가족 모임이 열리면
음식 그릇을 내오고 또 내오면서
사람들이 웃고 떠드는 것을
바라보셨다.
뒤에 서서
미소 지으며.

마리아 마치오티 길란

세상의 어머니들이 그렇듯이, 나의 어머니도 훌륭한 요리사였다. 일본에서 살다가 와서 논 한 마지기 없었는데도 씨감자 같은 올망졸망한 자식들을 어떻게든 거둬 먹였다. 농부이기를 거부한 아버지 탓에 집에는 먹을 것이 전무했다. 그러나 어머니는 마술사처럼 손에 잡히는 대로 푸성귀와 뿌리를 캐다가 정말 훌륭한 음식으로 변신시켰다. 신은 모든 곳에 있을 수 없기에 어머니를 만들었다는 말은 결코 틀리지 않다.

'최고의 요리사'라는 것은 풍성한 재료로 별미를 차렸다는 의미가 아니다. 최고의 요리사는 가난 속에서 실력을 발휘한다. 그 실력의 근본은 '사랑'이다. 병아리 때부터 키운, 식구나 다름없는 닭을 어머니가 맨손으로 잡았을 때 우리는 경악했지만 그것은 영양실조로 흰 버짐이 핀 자식들을 위한 사랑의 행위였다. 그때는 왜 몰랐을까. 어머니도 봄마다 화단에 꽃씨를 뿌리는 섬세하고 겁 많고 꿈을 가진 여성이라는 사실을.

마리아 길란(1940~)은 미국 뉴저지주 패터슨시의 이탈리아인 이민자 동네에서 태어나 뉴욕대학교에서 문학을 전공했으며, 20여 권의 시집과 저서를 출간했다. 시집 『우리 사이의 모든 거짓말들*All That Lies Between Us*』로 미국도서상을 수상했다. 이 시는 최근 시집 『겨울에 피는 것*What Blooms in Winter*』에 실려 있다. 현재도 패터슨시에 살면서 대학에서 시를 강의하고 있다.

놀랍지 않은가! 어머니가 해 준 감자 요리가 세상의 모든 감자 요리로 연결되고, 어머니에게 배운 첫 단어와 첫 문장들이 세상의 모든 글과 시로 연결된다는 것이. 어머니의 헌신적 사랑이 일생 동안 우리를 세상의 모든 사랑과 연결시켜 준다는 것이. 외롭고 힘들 때마다 나는 그 연결이 필요했다.

한번은 오랜만에 어머니를 뵈러 가서, 이제 자식들도 다 컸으니 어머니 자신의 삶을 살라고 하면서 무엇을 할 때 가장 행복하냐고 물었다. 그러자 어머니는 오늘처럼 음식을 만들어 네가 맛있게 먹는 것을 볼 때가 가장 행복하다고, 음식이 너의 입으로 들어가는 것만 봐도 배가 부르다고 하시면서 얼른 또 다른 접시를 내오셨다. 내가 갖고 있는 '행복'의 개념이 얼마나 이기적이었던가. 나는 아직도 어렸을 때 어머니가 만들어 주신 그 음식들이 아니면 맛을 잘 모른다.

잔디 깎는 기계

잔디 깎는 기계가 멈췄다, 두 번째다.
무릎을 꿇고 들여다보니
칼날 사이에 고슴도치가 끼어
죽어 있었다.
긴 풀 속에 있었던 것이다.

전에 이 녀석을 본 적이 있고, 한 번은
먹을 걸 주기도 했었다.
그런데 이제 눈에 띄지 않는 그 세계를
내가 망가뜨린 것이다.
수리할 수도 없이.
땅에 묻어도 소용이 없었다.

이튿날 아침 나는 일어났지만
고슴도치는 그러지 못했다.
하나의 죽음 다음의 첫날, 새로운 부재는
언제나 똑같다.

서로에게 마음을 쓰고

친절해야 한다.

아직 시간이 있을 때.

필립 라킨

영국 시인 프란시스 톰슨은 '별을 흔들지 않고는 꽃을 꺾을 수 없다'라고 썼다. 꽃 한 송이를 꺾을 때마다 파장이 전해져 어느 별에선가 혼란이 일어난다는 것이다. 불교에서 말하는 '공空'은 아무것도 없다는 의미가 아니다. 어떤 것이 존재하기 위해서는 다른 모든 것에 의존해야만 한다는 뜻이다.

2차 세계대전 이후 영국 시단이 낳은 뛰어난 시인으로 평가받는 필립 라킨(1922~1985)은 자비 출판한 첫 시집 『북쪽으로 가는 배*The North Ship*』를 포함해 『덜 속은 사람들*The Less Deceived*』, 『성령 강림절의 결혼식*The Whitsun Weddings*』 등의 시집을 통해 죽음과 무, 허상과 실상, 생성과 소멸에 관한 시를 썼다. 평생 독신으로 살면서 세 명의 여성을 사랑했으며, 죽기 전까지 30년 넘게 대학 도서관 사서로 일했다. "시 없이는 살 수 있지만 재즈 없이는 단 하루도 살 수 없다."라고 말할 만큼 재즈 마니아였다. 웨스트민스터 사원의 계관시인 묘지에 묻혔다.

라킨의 비서이며 연인이었던 베티 매커레스는 훗날 이렇게 회고했다. "고슴도치의 죽음에 대해 필립이 말하던 것을 선명하게 기억한다. 이튿날 아침 그의 사무실에서였는데, 눈물이 그의 얼굴로 흘러내렸다." 라킨의 오랜 동료로 시적 영감을 주고받은 영문학자 모니카 존스도 "정원에서 잔디를 깎던 그가 갑자기 울부짖으며 집 안으로 들어왔다. 그는 당황하고 어쩔 줄 몰라했다. 먹을 걸 주던 고슴도치를 실수로 죽인 것이다."라고 증언한다. 한 마리 고슴도치를 잃을 때 우리 존재도 흔들린다. 하물며 물속에 수장된 수백 명의 죽음 앞에서 우리가 어떻게 이전과 같을 수 있겠는가.

(잔디 깎는 기계처럼) '수리할 수도 없이'라는 단어와 '새로운 부재는 언제나 똑같다'가 마음에 박힌다. 2차 세계대전 이후, 홀로코스트와 전쟁의 상흔 속에서 한 마리 고슴도치의 피할 수 없는 죽음을 슬퍼하는 작가의 심정이 문맥 속에서 읽힌다. 또 이 시를 쓰기 얼마 전, 그의 어머니가 세상을 떠났다. 손글씨로 쓴 시의 원문을 보면 여러 번 수정을 가한 흔적이 보인다(번역을 하다 보니 원문의 3행과 2행으로 이어지는 절제된 형식을 지키지 못했다).

인식하지 못한 채 나의 행동이 다른 생명체를 죽이거나 상처 입힐 수도 있음을 기억해야 한다. 배려는 그것까지 헤아리는 것이다. 누군가가 죽은 다음의 첫날, 그 새로운 부재 속에서도 세상은 언제나 똑같아 보이지만 실제로는 같지 않다. 한 고슴도치의 원치 않은 죽음을 통해 깨달았듯이, 우리는 서로에게 조심하고 친절해야 한다고 시인은 조언한다. 인간뿐 아니라 모든 생명에게. 그것을 항상 실천하는 일이 어려울지라도 아직 시간이 있을 때 그렇게 해야 한다.

내가 사랑한다는 걸 몰랐던 것들

1962년 3월 28일

나는 프라하와 베를린을 잇는 기차 창가에 앉아 있다.

밤이 내린다.

한 마리 지친 새처럼.

연기 자욱한 젖은 평원 위로 밤이 내리는 것을 내가 좋아한다는 걸

나는 몰랐었다.

해 질 녘을 지친 새에 비유하는 걸 나는 좋아하지 않는다.

내가 대지를 사랑한다는 걸 나는 몰랐었다.

대지에서 일해 본 적이 없는 사람도 대지를 사랑할 수 있다는 걸.

나는 대지에서 일해 본 적이 없다.

그것은 분명 나의 정신적 사랑이리라.

그리고 강들을 나는 언제나 사랑했다.

꼭대기에 성들의 왕관을 쓰고 있는 유럽의 언덕들

그 언덕들을 휘감아 돌며 움직임 없이 존재하는 강이든

눈으로 훤히 볼 수 있을 만큼 멀리까지 뻗어 있는 강이든
똑같은 강에는 한 번이라도 손을 담글 수 없다는 걸 나는 안다.
강이 새로운 빛들을 가져오리라는 것도.
우리가 결코 보지 못할 빛들을.

내가 하늘을 사랑한다는 걸 나는 몰랐었다.
구름이 끼었든 맑든.
내가 감옥에서 터키어로 번역한 『전쟁과 평화』에 나오는 안드레이가
보로디노에 누워 바라보던 그 푸른 하늘을.
목소리들이 들린다.
푸른 하늘이 아닌 교도소 마당에서 들려오는
간수들이 누군가를 또 때리고 있는 소리가.

내가 나무를 사랑한다는 걸 나는 몰랐었다.
모스크바 근처 페레델키노에 있는 헐벗은 너도밤나무들을.
겨울에 그 나무들과 우연히 마주쳤었다. 고귀하고 겸손한

나무들.

일가즈 숲에서는 수놓은 린넨 손수건을 소나무 가지에 묶었었다.

행운을 기대하며.

내가 길들을 사랑한다는 걸 나는 전혀 몰랐었다.

심지어 아스팔트 길도.

바퀴 뒤로 보이는 길을 사랑한다는 걸.

우리 두 사람은 닫힌 상자 안에 있었고

세상은 양쪽에서 말없이 스치며 멀어져 갔다.

나는 살면서 누구와도 그렇게 가까워진 적이 없다.

노상강도들이 볼루와 게레데 사이의 붉은 길에서 나를 멈춰세웠다.

그때 나는 열여덟 살이었고

그들이 마차에서 가져갈 수 있는 것은 내 목숨 외에는 아무것도 없었다.

그리고 열여덟 살 때는 가장 소중히 여기지 않는 것이 목숨이다.

전에 이것을 어딘가에 쓴 적이 있다.

어두운 진창길을 걸어 그림자극을 보러 가고 있다.

금식 기도 기간의 밤

길을 안내해 주는 종이등

어쩌면 이런 일은 전혀 일어나지 않았는지도 모른다.

어쩌면 나는 그것을 어디선가 읽었는지도 모른다. 여덟 살 소년이

그림자극을 보러 가고 있다고.

이스탄불의 금식 기도날 밤에 할아버지의 손을 잡고서.

할아버지는 빨간색 터키 모자를 쓰고 예복 위에

흑담비 깃이 달린 털코트를 입고 있다.

하인의 손에는 등불이 들려 있고

나는 기쁨을 감출 수 없다.

어떤 이유에선지 꽃들이 생각난다.

양귀비, 선인장, 노랑수선화

이스탄불 카디코이에 있는 노랑수선화 정원에서 마리카와 입맞췄었다.

그녀의 숨결에서는 신선한 아몬드 향이 났다.

나는 열일곱 살이었고
내 가슴은 그네를 타고 하늘에 가닿았다.
내가 꽃을 사랑한다는 걸 나는 몰랐었다.
감옥에 있을 때 친구들이 붉은색 카네이션 세 송이를 보내주었는데도.

지금 막 별들이 생각났다.
나는 별들도 사랑한다.
할 말을 잃고 별들을 올려다보든
별들이 있는 곳으로 날아가든.

나는 우주 비행사들에게 묻고 싶은 것이 몇 가지 있다.
별들이 훨씬 더 컸는지
검은 벨벳 위의 큰 보석처럼 보였는지
혹은 오렌지색 천에 놓인 살구 같았는지
별들에 더 가까이 갔을 때 자랑스러웠는지.
내가 우주를 사랑한다는 걸 나는 몰랐었다.
내 눈앞에서 반짝이며 눈이 흩날린다.

한결같이 내리는, 젖어서 무거운 눈과 소용돌이치는 마른 눈발.

내가 눈을 좋아한다는 걸 나는 몰랐었다.

지금처럼 체리 열매처럼 붉은 석양을 보면서도
내가 태양을 사랑한다는 걸 나는 몰랐었다.
이스탄불의 그림 엽서에도 가끔 저런 색깔이 있긴 하지만
아무도 저런 식으로 그림을 그릴 수 없다.
내가 바다를 사랑한다는 걸 나는 몰랐었다.
아조프해를 빼고는.

내가 구름을 사랑한다는 걸 나는 몰랐었다.
내가 구름 아래에 있든 구름 위에 있든
구름이 거인처럼 보이든 털 수북한 흰 짐승처럼 보이든.

가장 거짓말 같고 가장 나른하고 가장 소시민적인 달빛이
나를 비춘다.
나는 달빛이 좋다.

내가 비를 좋아한다는 걸 나는 몰랐었다.

촘촘한 그물처럼 내리든 유리창을 세차게 때리든.

내 가슴은 나를 비의 그물에 뒤엉키게 하거나 빗방울 속에 가두고

미지의 나라로 떠난다. 내가 비를 사랑한다는 걸 몰랐지만

프라하와 베를린을 잇는 기차 창가에 앉아

갑자기 이 모든 열정을 발견한 것은

내가 여섯 번째 담배에 불을 붙였기 때문이다.

오직 한 사람만이 나를 죽일 수 있으리라는 건

모스크바에 두고 온 누군가를 생각하는 것만으로도

심장이 멎는 것 같기 때문이다.

그녀의 머리는 담황색을 띤 금발이고 속눈썹이 파랗다.

기차가 칠흑같이 어두운 밤을 가르며 흔들린다.

내가 칠흑같이 어두운 밤을 좋아한다는 걸 나는 전혀 몰랐었다.

엔진에서 불꽃이 튄다.

불꽃을 사랑한다는 걸 나는 몰랐었다.

내가 그토록 많은 것들을 사랑한다는 걸 나는 몰랐었다.
예순 살이 되어 프라하—베를린 간 기차 창가에 앉아 그것을 깨달을 때까지
마치 돌아오지 못할 여행처럼 세상이 멀어져 가는 것을 지켜보면서.

나짐 히크메트, 〈내가 사랑한다는 걸 몰랐던 것들〉 일부

*보로디노 – 모스크바에서 100킬로미터 떨어진 마을. 나폴레옹의 프랑스 군과 러시아 군이 가장 치열한 전투를 벌인 장소로, 이 전투에 참가한 소설 속 인물 안드레이 볼콘스키 공작은 총상을 입고 쓰러져 푸른 하늘을 보며 죽어간다. '저 영원한 하늘 아래서 사람들은 왜 서로를 죽이는가?' 하고 의문을 던지며.
*페레델키노 – 보리스 파스테르나크가 9년간 칩거하며 『닥터 지바고』를 쓴 모스크바 근교 도시
*일가즈 – 터키 북부의 국립공원
*볼루, 게레데 – 옛 이스탄불로 이어지는 실크로드의 중간 기착지들
*아조프해 – 흑해 북동쪽, 크림 반도 남동부에 있는 내해內海

가장 훌륭한 시는 아직 씌어지지 않았다.

가장 아름다운 노래는 아직 불려지지 않았다.

최고의 날들은 아직 살지 않은 날들

가장 넓은 바다는 아직 항해되지 않았고

가장 먼 여행은 아직 끝나지 않았다.

무엇을 해야 할지 더 이상 알 수 없을 때

그때 비로소 진정한 무엇인가를 할 수 있다.

어느 길로 가야 할지 더 이상 알 수 없을 때

그때가 비로소 진정한 여행의 시작이다.

— 나짐 히크메트, 〈진정한 여행〉 중에서

죽음을 앞둔 사람이 기차 차창으로 바깥 풍경을 내다본다. 그리고 자신이 세상의 아름다운 것들을 잊고 있었음을 깨닫는다. 오랫동안 감옥에 갇혀 지냈고, 타국에 유배당해 있었으며, 고통에 짓눌려 살았었다. 이제 그는 깨닫는다. 자신이 사랑하는 많은 것들이 여기 이렇게 있음을. 틱낫한은 말했다. "겹겹이 쌓인 망각과 고통 밑에 사랑이 묻혀 있다."

1921년, 이스탄불 출신의 터키 청년이 모스크바대학으로 유학을 갔다. 시대적 격랑에 휩싸인 그곳에서 혁명 시인 마야코프스키에게 영향을 받은 청년은 터키로 돌아와 신문과 잡지에 글을 발표하기 시작했다. 그러다가 좌파라는 이유로 체포되어 28년 형을 언도받고 생애의 절반을 감옥에서 지냈다. 이 기간 동안 수많은 시를 썼으며, 석방된 후에도 투옥을 반복하다가 결국 추방당했다.

낭만적인 공산주의자, 낭만적인 혁명가로 불린 터키의 첫 현대 시인 나짐 히크메트(1902~1963). 그의 시는 50여 개 언어로 번역되었으나 조국 터키에서는 국적이 박탈되고 그의 시를 읽는 사람은 좌파로 매도되었다. 오랜 세월이 흘러 50만 명의 터키 시민이 청원서에 서명하고 노벨 문학상 수상자 오르한 파묵까지 그의 국적 복원을 촉구하자 터키 정부는 하는 수 없이 58년 만에 히크메트의 복권을 결정했다. 그의 유해는 아직 모스크바에 있다.

'돌아오지 못할 여행처럼 세상이 멀어져 가는 것을 지켜보면서……'. 이 시를 쓴 이듬해 히크메트는 모스크바에서 심장마비로 사망했다. 파란만장한 삶을 산 시인이 마지막까지 사랑에 대해 노래한다. 어떤 것을 사랑한다는 건 무엇일까? 혹시 내가 그것을 사랑한다는 걸 기억해 내는 일이 아닐까? 우리는 어떤 감옥에 갇혀 있고 어떤 삶 속에 유배당해 있길래 자신이 사랑하는 것들을 잊은 걸까? 저녁노을과 나무와 길들을 사랑한다는 것을. 세상과 삶과 사람을 사랑한다는 것을. 언제 그것을 다시 기억해 낼까?

편집부에서 온 편지

'귀하의 감동적인 시에 깊이 감사드립니다.
당신의 옥고는 우리에게 강한 인상을 주었습니다.
그러나 우리의 지면에는 약간 어울리지 않음을
무척 유감스럽게 생각합니다.'

편집부에서 오는 이런 거절 편지가
거의 매일 날아온다. 문학잡지마다 등을 돌린다.
가을 내음이 풍겨 오지만, 이 보잘것없는 아들은
어디에도 고향이 없음을 분명히 안다.

그래서 목적 없이 혼자만을 위한 시를 써서
머리맡 탁자에 놓인 램프에게 읽어 준다.
아마 램프도 내 시에 귀를 기울이지 않을 것이다.
그러나 말없이 빛을 보내 준다. 그것만으로 족하다.

헤르만 헤세

헤세 자신이 그림을 그린
『여름밤』 시집 원고 표지

인간의 창조 행위는 자연발생적인 영감에서 출발하지만 타인의 인정을 받을 때 기쁨은 배가된다. 그렇더라도 근원적인 기쁨은 어디까지나 자기 만족을 위한 것이다. 신춘문예 시즌이 다가오면, 혹은 그 시기가 아니더라도, 독자들로부터 자신이 쓴 시를 평가해 달라거나 시적 재능이 있는지 묻는 편지를 자주 받는다.

헤세의 시는 읽는 순간 수채화 같은 순수가 마음에 스민다. 십대에 이미 '시인이 아니면 아무것도 되지 않겠다.'고 선언한 그가 출판사나 잡지사로부터 수없이 이런 거절 편지를 받았을 때의 기분이 어떠했을까? 돌아갈 고향이 없는 사람처럼 고독했을 것이다. 더구나 이 시를 쓸 당시 헤세는 50세였다. 그러나 왠지 그 고독감이 밝다. 인류 문학 최고의 반열에 오른 헤세에게도 그런 시기가 있었다는 것이 우리에게 위안을 준다.

헤르만 헤세(1877~1962)는 전쟁 반대론자였기 때문에 독일의 군국주의 아래서 배신자, 매국노라는 지탄을 받고 모든 저서가 출판 금지되었다. 극심한 심적 고통으로 칼 융의 제자에게 정신분석 치료를 받기도 했다. 스물두 살에 시집 『낭만적인 노래들*Romantische Lieder*』과 산문집 『자정 이후의 한 시간*Eine Stunde hinter Mitternacht*』으로 문단에 입문했으나 히틀러 사망 후인 69세가 되어서야 비로소 인정을 받고 노벨 문학상을 수상했다. 그 암울한 세월 동안 수많은 '거절 편지'를 받으면서도 포기하지 않고, '타인의 찬사를 들으려는 목적 없이' 계속해서 글을 썼다는 것이 우리에게는 얼마나 다행한 일인가. 사실 우리가 읽는 거의 모든 문학작품, 마음을 풍요롭게 하는 예술작품 대부분이 그런 '거절 편지'들 속에서 탄생한 것이다. 어디 예술작품뿐이겠는가.

세상으로부터 인정받지 못하는 고통은 크다. 그러나 내면의 포기가 주는 고통은 더 크다. 대시인의 시가 감동을 줄지라도, 자신이 쓴 시만큼 자기 삶의 중요한 부분을 건드리는 시는 없다. 시를 써서 바람에 읽어 주면 바람이 머릿결을 쓰다듬어 줄 것이다. 겨울 강에게 읽어 주면 강물이 얼음장 밑에서 화답할 것이다. 그러면 자신을 둘러싼 세상과 가까워지는 것을 느낀다.

우리는 타인에게 보여 주거나 인정받기 위해 살지 않는다. 타인의 인정에 의존하는 기쁨은 오래가지 않는다. 마지막 행의 오묘한 독백, '시를 써서 혼자 소리내어 읽는 그것만으로 충분하다'는, 그런 마음만으로도 부족할 게 없다.

자화상

신이 한 명이든 여러 명이든
나는 관심이 없다.
나는 다만 네가 소속감을 느끼는지
아니면 버림받았다고 느끼는지
알고 싶다.

네가 절망을 아는지
혹은 다른 사람 안에서 절망을 볼 수 있는지
너를 바꾸려고 가혹하게 구는 이 세상에서
살아갈 준비가 되어 있는지
알고 싶다.

이곳이 나의 자리라고 말하며
단호한 눈빛으로 뒤돌아볼 수 있는지
네가 갈망하는 것의 중심을 향해 온몸을 내던져
삶의 격렬한 열기 속에 녹아드는 법을 아는지
나는 알고 싶다.

너에게 확실한 패배를 안겨 주는

사랑과 쓰라린 열정의 결과에도 불구하고

하루하루 기꺼이 살아가고 있는지.

데이비드 화이트

무신론자에는 두 종류가 있다. 하나는 말 그대로 신의 존재를 믿지 않는 사람이고, 다른 하나는 신 없이도 종교적일 수 있다고 믿는 사람이다. 굳이 말하자면, 나는 후자에 속하는 무신론자이다. 인간은 신 없이도 종교적일 수 있다.

나는 당신이 어떤 종교를 가졌는지, 어떤 사상을 신봉하는지 관심이 없다. 다만 당신이 이 세상에 소속되어 있다고 느끼는지, 자신의 삶과 일체감을 느끼는지 알고 싶다. 당신이 얼마큼 성공했는가보다 뼛속까지 절망한 적이 있는지, 그 절망을 딛고 일어선 적이 있는지, 그래서 다른 사람의 눈동자 속에서도 같은 아픔을 볼 수 있는지 알고 싶다.

세상은 당신이 변화하는 것을 원치 않는다. 세상은 그들의 방식을 냉혹하게 요구할 것이다. 당신이 자기만의 여행을 떠나려 할 때마다 세상은 온갖 이유로 막을 것이다. 그것을 뿌리치고 특별한 여행을 할 준비가 되어 있는가? 이것이 나의 삶이라고 단호하게 말할 수 있는가? 열정이 지나쳐 스스로 힘들지라도 기꺼이 그렇게 할 수 있는가?

데이비드 화이트(1955~)는 영국 시인으로, 아일랜드 출생의 어머니에게서 시적 영향을 받았다. 20대에는 자연주의자가 되어 갈라파고스섬에서 살았으며, 인류학 탐사팀과 함께 안데스산, 아마존 밀림, 히말라야를 다녔다. 그 후에 시인이 되었다. 〈자화상〉은 어느 날 아침 거울을 보며 쓴 시다.

시는 삶의 진실을 대면하라고 속삭인다. 삶의 중심에 서라고. 사소한 파도들에 떠밀려 자신을 잃어버리지 말라고. 삶에서 우리는 많은 상실을 경험한다. 행복한 유년기를 잃고, 풋사랑을 떠나보내며, 마음에 두었던 장소들과 이별한다. 그러나 가장 큰 상실은 자기 삶의 색깔을 잃는 일이다. 시 〈달콤한 어둠*Sweet Darkness*〉에서 화이트는 쓴다.

다른 모든 세상을 포기하라
네가 속한 한 가지만 제외하고

때로는 어둠이 필요하고
고독 속에 달콤하게 갇힐 필요가 있다

누구든 무엇이든
너에게 삶을 가져다주지 않는 것은

너에게 너무 작다는 것을
배우기 위해

사금

십 대 때부터 나는 금을 찾아다녔지.
모든 산골짜기 개울마다
내가 파헤친 모래는
사막이 되고도 남았어.

하지만 아무 금속도 발견하지 못했어.
기껏 구리 동전 몇 개와
돌멩이, 반짝이는 뼛조각, 잡동사니뿐.

왔던 것처럼 나는 떠날 거야.
그러나 시간을 낭비한 건 아니었어.

비록 내 두 손 사이로 모래는 빠져나갔지만
모래가 내게 준 끝없는 기쁨이 있었으니
한번 시도해 본다는 것.

호세 에밀리오 파체코

나도 그런 사람을 안다. 그녀는 결혼 이후 줄곧 생계를 책임져야 하는 상황 속에서 마침내 그림을 그리고 싶다는 꿈을 실현했다. 꽃나무를 그리고, 농부인 남편의 삐딱한 초상화를 그리고, 내 얼굴을 그려 주고, 뿔 난 염소를 그렸다. 이름난 화가가 될 생각은 없었다. 전시회를 연 적도 없다. 일을 해서 물감과 캔버스를 사고, 밤마다 그리고 또 그렸다. 시도해 본다는 것, 그것에 대해 그녀는 후회가 없다. 그리하여 삶에 대해서도 후회하지 않게 되었다.

결국 우리가 후회하는 것은 시도한 일보다 시도하지 않은 일들이다. 인생의 광물을 끝없이 캐내지 않은 광부에게 남는 것은 불만뿐이다. 행복 여부는 우리가 외부에 행사하는 통제력이 아니라 우리가 하는 시도에 달려 있다. 잘랄루딘 루미는 "너는 자신이 문의 자물쇠라고 생각하지만 너야말로 그 자물쇠를 여는 열쇠이다."라고 썼다. 자신이라는 열쇠로 어떤 자물쇠를 열려고 시도해 보았는가? 산골짜기 모래를 파헤쳐 사막을 만들려고 해 본 적이 있는가? 금을 발견하든 발견하지 못하든 쇳조가리라도 캐내 한번 깨물어 보는 것, 그것이 인생이 아니고 무엇인가?

멕시코시티 출신의 호세 에밀리오 파체코(1939~2014)는 연대기 작가, 소설가로도 유명하지만 뛰어난 시인이었다. 어려서부터 아버지의 친구들인 여러 작가들이 모여서 나누는 대화에 귀를 기울이며 문학과 가까워졌다. 변호사인 아버지의 권유에 따라 멕시코대학 법학과에 입학했으나 열아홉 살부터 학교 신문과 문학잡지 등에 글을 발표하면서 작가가 되었다. 현대 라틴아메리카 문학의 중요한 작가로, 스페인어권의 노벨 문학상으로 불리는 세르반테스 문학상을 수상했다.

신은 각자에게 삶의 지도를 주었다. 그 길을 여행하는 자만이 지도 위의 선들을 입체적인 세상으로 만든다.

때로는 막히고
때로는 도달하기도 하는 너의 삶은
한순간 네 안에서 돌이 되었다가
다시 별이 된다.

릴케의 시 〈해 질 녘〉의 구절이다. 삶 속으로 뛰어들 때 돌이 별이 된다. 삶은 해결해야 할 문제가 아니라 경험해야 할 신비이다. 그리고 다음 페이지에는 더 큰 신비가 적혀 있다. 선불리 책을 덮지 말아야 한다.

그는 떠났다

그가 세상을 떠났다고 눈물 흘릴 수도 있고
그가 이곳에 살았었다고 미소 지을 수도 있다.
눈을 감고 그가 돌아오기를 기도할 수도 있고
눈을 뜨고 그가 남기고 간 모든 것을 볼 수도 있다.

그를 볼 수 없기에 마음이 공허할 수도 있고
그와 나눈 사랑으로 가슴이 벅찰 수도 있다.
내일에 등을 돌리고 어제에 머물 수도 있고
그와의 어제가 있었기에 내일 행복할 수도 있다.

그가 떠났다는 사실로만 그를 기억할 수도 있고
그에 관한 기억을 소중하게 살려 나갈 수도 있다.
울면서 마음을 닫고 공허하게 등을 돌릴 수도 있고
그가 원했던 일들을 할 수도 있다.
미소 짓고, 눈을 뜨고, 사랑하고, 앞으로 나아가면서.

데이비드 하킨스

내일(5월 23일)은 노무현 전 대통령 서거일이다. 정치인을 떠나 인간적으로 내가 좋아한 사람이다. 그를 처음 본 것은 오래전, 그가 종로구 국회의원에 출마했을 때였다. 저녁 무렵이었는데, 선거 유세를 하기 위해 내가 사는 동네에 왔다. 그의 연설을 듣는 이는 선거 운동원을 제외하면 나를 포함해 서너 명에 불과했다. 그럼에도 그는 열정을 다해 말을 했고, 끝난 뒤 내가 인사를 하자 반가워하며 내 시집과 내가 번역한 『성자가 된 청소부』를 잘 읽었다고 말했다. 깨달음과 진리 추구는 결국 인간의 정의를 실현하려는 노력이라는 데 우리는 동의했다. 나에게 각인된 그의 인상은 정치인이기 이전에 순수한 열혈청년의 모습이었다. 아름답고 정의로운 마음을 가진 그가 세상을 떠나고, 우리는 아직도 많은 문제들을 힘겹게 헤쳐 나가고 있다.

이 시는 영국의 무명 시인 데이비드 하킨스(1958~)가 지역 신문에 〈나를 기억해 주기를*Remember Me*〉이라는 제목의 산문시 형태로 발표한 것이었는데, 엘리자베스 2세 여왕이 자신의 어머니 장례식날 낭송함으로써 BBC 방송과 타임지에 소개되어 유명해졌다.

이 시의 행마다 가능 동사들이 있듯이 우리 삶 역시 많은 가능 동사를 품고 있다. 떠났어도 우리와 함께하는 사람이 있다. 우리가 할 일은 그가 꿈꾸었던 세상을 가능하게 하는 일이다. 담대하게 실천하고, 어떤 상황에서도 인간다움을 지키고, 미소 지으면서.

블랙베리 따기

8월 하순, 일주일 내내 비와
햇빛을 흠뻑 맞고 나면 블랙베리가 익었다.
처음에는 여럿 중에서도
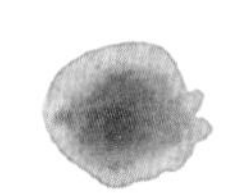
딱 한 알, 윤기 나는 자줏빛 덩어리 하나가 유독
붉고 푸르게 단단해졌다, 매듭처럼.
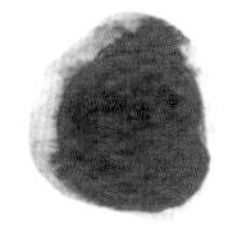
그 첫 번째 열매를 먹으면 과육이 달았다.
진한 포도주인 양 여름의 피가 그 안에 있어
혀에 얼룩이 남고 열매를 따고 싶은

욕망이 일었다. 이어서
붉은 것들에 검은색이 오르면 굶주린 욕망이
우리로 하여금 우유 통, 콩 통조림 통, 잼 통을 들고

달려 나가게 했다. 장화는 찔레장미에 긁히고
젖은 풀들에 물이 들었다. 우리는 그렇게
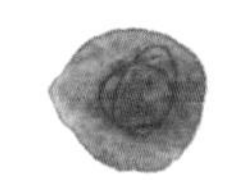
목초밭, 옥수수밭, 감자밭 이랑을 돌며 열매를 따
딸랑거리는 밑바닥은 덜 익은 것들로 채우고
그 위는 눈알처럼 불타는 굵고 검은 열매들로 덮어
통들을 가득 채웠다. 손은 가시에 찔려 화끈거리고
손바닥은 푸른 수염의 사나이처럼 끈적거렸다.

우리는 싱싱한 베리 열매를 헛간에 저장했다.
그러나 큰 통이 가득 찼을 때 우리는 발견했다.
우리의 저장물을 포식 중인
솜털 같은 회색 곰팡이 균을.
과즙도 악취가 났다.
일단 덤불을 떠나자 열매들이 발효해
달콤했던 과육은 신맛이 났다.
나는 그때마다 울고 싶었다.
공평하지 않은 일이었다.
깡통 가득 들어 있던 먹음직한 열매들이
썩은 냄새가 난다는 것은.
매년 나는 그것들이 그대로 보존되기를 바랐으나
그렇지 않으리라는 것을 알았다.

셰이머스 히니

*푸른 수염의 사나이—여섯 아내를 죽인 프랑스 전설 속 남자

문학은 '은유metaphor'이다. 은유는 그 안에 많은 의미의 층을 담고 있다. 그래서 읽을 때마다 해석이 달라진다. 문학이 주는 울림과 깊이가 은유에 있다. 직설적인 표현과 구호가 지배하는 사회는 획일적이고 얕다. 사람들이 은유를 이해할 인내와 상상력을 잃어버릴 때, 그들이 선호하는 지도자들은 직설적인 구호를 남발한다. 은유는 풀꽃이고, 찔레장미이고, 블랙베리의 검붉음이다. 어린아이일 때부터 우리의 마음과 영혼의 세계는 은유로 가득했다.

이 시를 읽으면 어릴 때 따 먹던, 손과 입술을 파랗게 물들이던 오디 열매가 떠오른다. 아껴 먹으려고 남겨 두면 금방 흰 곰팡이가 피었다. 그래도 여름마다 오디를 따러 뒷산으로 달려갔다.

눈으로 보는 것처럼 생생하게 묘사된 풍경 속에서 달콤한 열매가 입술과 혀를 붉게 물들인다. 과즙, 피, 욕망 같은 단어들이 베리 열매를 따는 순수한 행위와 대비되며 감각을 자극한다. 그러나 삶의 쾌락은 파국을 내포하고 있다. 기대는 실망으로 바뀌고, 달고 신선한 열매는 시큼한 냄새로 변한다. 그것이 어쩌면 우리가 사랑하는 것들의 운명이고, 관계의 종말인지도 모른다.

은유와 상징, 운율, 시적 묘사 등이 완벽에 가까운, 야생 블랙베리 따는 일상의 일을 통해 인생의 이해에 접근한 명시이다. 우유통, 콩 통조림 통, 잼 통은 목초밭, 옥수수밭, 감자밭의 리듬으로 이어진다. 가시에 찔리고 장화가 찢기면서 숲과 들판을 다니며 따 모은 베리 열매이지만, 기쁨과 수고는 아랑곳없이 곰팡이가 핀다. 모든 좋은 것에는 허무한 마지막이 있다.

셰이머스 히니(1939~2013)는 예이츠와 함께 아일랜드의 위대한 시인이다. 조국의 역사와 자연에 바탕을 둔 시를 썼지만 동시에 인생의 보편적인 주제가 담긴 명시들을 남겼다. 농부의 아들로 태어나 성장기에 심리적 갈등을 겪었으나 아일랜드의 독특한 자연 풍경에 영향을 받아 서정성과 음악성이 깃든 시들을 발표해 노벨 문학상을 수상했다. 옥스퍼드대학과 하버드대학에서 시를 가르쳤으며, 시집으로 『자연주의자의 죽음*Death of a Naturalist*』『어둠으로 통하는 문*Door Into the Dark*』『겨울나기*Winering Out*』가 있다. "나는 말할 권리를 위해서 시를 썼다. 계시로서의 시, 자아 발견으로서의 시를."이라고 밝혔다.

해마다 여름이면 베리 열매는 다시 열리고 우리는 또다시 통을 들고 달려 나가리라. 그것이 썩지 않고 신선하게 보관되기를 바라면서. 또한 바라는 대로 되지 않으리라는 것도 알면서. 기대와 실망의 반복, 그럼에도 다시 기대를 거는 것이 삶이다. 절망하지 않게 되기를 희망하면서 당신이 따러 다니는 열매는 무엇인가? 희망 편에 인생을 걸고 당신은 지금 어떤 베리 열매를 따 모으는 중인가?

어떤 것을 알려면

어떤 것을 볼 때
정말로 그것을 알고자 한다면
오랫동안 바라봐야 한다.
초록을 바라보면서
'숲의 봄을 보았다'고 말하는 것으로는
충분하지 않다.
자신이 보고 있는 그것이
되지 않으면 안 된다.
땅 위를 기어가는 검은 줄기와
꽁지깃 같은 양치식물의 잎이 되어야 하고,
그 잎들 사이의 작은 고요 속으로
들어가야 한다.
시간을 충분히 갖고
그 잎들에서 흘러나오는
평화와 만날 수 있어야 한다.

존 모피트

잠깐 보고 판단하는 것으로는 충분하지 않다. 무엇에 충분하지 않은가? 삶에 충분하지 않다. 자세히 보지 않는 삶은 편견과 관념이 지배한다. 알기 위해서는 깊이 들여다봐야 하며, 그때 우리는 더욱 알 수 없게 된다. 그 '알 수 없음'이 모든 존재가 본래 지닌 신비이다. 사랑하는 사람도 깊이 들여다볼수록 더욱 알 수 없다. 우리가 사랑하는 것은 그 신비인지도 모른다.

존 모피트(1897~1989)는 '신비의 백만장자'라 불린 조금은 특별한 시인이다. 생을 마칠 때까지 60년 동안 미국 워싱턴주의 캐슬록에 은둔해 살며 시를 쓰고 숲을 가꿨다. 주위의 많은 학교와 자선단체들이 매해 그의 기부를 받았지만 그가 철저히 익명에 부쳤기 때문에 사후에야 사실이 알려졌다. 이름이 알려지면 기부를 중단했다. 정작 자신은 닭장과 다를 바 없는 판잣집에서 살았다. 자기를 위해서는 거의 아무것도 쓰지 않았다.

모피트는 가난하고 불우한 환경에서 태어났다. 아버지는 열차 차장이면서 사탕 장수였는데 그가 두 살 때 열차 사고로 세상을 떠났다. 미모의 어머니는 두 번 재혼했다. 계부 한 명은 알코올중독자로 재산을 탕진하고 폭력을 휘둘렀다. 더러운 옷에 종종 밥도 굶고 신발도 없이 학교에 나타났기 때문에 아이들의 놀림을 받았다. 친척집이나 위탁 가정에서 산 적도 여러 번이었다. 그러나 어려운 시기에 사람들로부터 받은 친절을 결코 잊지 않았다. 교사 중

한 명은 그에게 신발을 선물하기도 했다.

30대 초반부터 모피트는 우편배달부 일을 하면서 돈을 모아, 벌목한 후 버려진 땅을 싼값에 매입하기 시작했다. 식비를 아껴 토지세를 충당하면서도 삼림 매입을 계속했다. 그렇게 극빈 생활을 하며 40년간 우편배달부 일을 하고, 유기견들을 데려다 키웠다. 일흔살이 되었을 때 그의 인생이 극적으로 달라졌다. 수십만 평에 이르는 황폐했던 땅에 어느덧 나무들이 울창하게 자란 것이다. 목재 회사에 그 나무들을 팔아 큰돈을 모을 수 있었다.

그럼에도 절약 정신은 달라지지 않았다. 한번은 토지 관리 업무를 보던 젊은 변호사가 실수로 우표 몇 장을 더 쓰자, 모피트는 매년 그 사실을 상기시켰다. 그러나 도움이 필요한 사람에게는 원조를 망설이지 않았다. 마을에 집 몇 채를 소유한 그는 가난한 사람들에게 세를 주었으며, 다달이 월세를 받으러 다니는 대신 감자, 밀가루, 설탕, 소금 등을 갖다주었다. 결혼도 하지 않았고 자녀도 없었기 때문에 말년에 자신의 토지를 자선단체에 기부했다. 사후 100년 동안은 땅을 팔지 않는다는 조건으로. 그래서 현재도 그 삼림에서 나오는 목재로 매년 지역 학교와 자선단체에 15만 달러의 기부 행위가 이어지고 있다.

삶으로 인해 시가 진정성을 갖는다. 그는 벌목하고 버려진 땅을 자세히 보았다. 그래서 몇십 년 후에 울창해질 나무들을 볼 수 있었다. 가난한 사람들을 그는 그냥 '가난뱅이들'이라고 치부하고 지나치지 않았다. 그들을 자세히 보았고, 그들의 아픔에 공감했다. 자신과 대상을 분리하지 않았고 뱀처럼 구불거리는 검은 줄기들과 일체가 되었으며, 잎사귀들 사이의 '작은 고요'와 자주 접촉했다. 희귀한 바닷조개들을 수집하고, 다양한 독일붓꽃들을 키운 원예가이기도 했다. 많은 시를 남기지는 않았지만 진정한 시인이고 명상가였다.

얼핏 보면 평범한 양치식물이지만, 자세히 보면 그 구불거림과 질서정연함과 생명의 의지가 무한히 신비롭다. 자세히 보는 것은 신이 연출한 무대를 맨 앞자리에서 관람하는 것과 같다. 그렇다, 어떤 것을 볼 때 정말로 그것을 알고자 한다면, 오랫동안 바라봐야 한다.

너무 많은 것들

너무 많은 공장들
너무 많은 음식
너무 많은 맥주
너무 많은 담배

너무 많은 철학
너무 많은 주장
그러나 너무 부족한 공간
너무 부족한 나무

너무 많은 경찰
너무 많은 컴퓨터
너무 많은 가전제품
너무 많은 돼지고기

회색 슬레이트 지붕들 아래
너무 많은 커피
너무 많은 흡연

너무 많은 복종

너무 많은 불룩한 배
너무 많은 양복
너무 많은 서류
너무 많은 잡지

지하철에 탄 너무 많은
피곤한 얼굴들
그러나 너무 부족한 사과나무
너무 부족한 잣나무

너무 많은 살인
너무 많은 학생 폭력
너무 많은 돈
너무 많은 가난

너무 많은 금속 물질

너무 많은 비만

너무 많은 헛소리

그러나 너무 부족한 명상

너무 많은 분노

너무 많은 설탕

너무 많은 방사능

너무 적게 내리는 눈

앨런 긴즈버그, 〈너무 많은 것들〉 일부

밤에 인도 라자스탄 사막에 누워 있었던 적이 있다. 별들이 무수히 명멸하고 있었다. 그 별들이 마음을 가득 채우는 걸 느끼면서 깨달았다. 너무 많은 것들로부터 벗어나니 존재가 풍요로워졌음을.

유명한 설교가가 어느 영적 스승과 함께 지낸 후, 스승의 투박한 말에 비해 자신의 설교가 초라한 이유를 알았다. 자신의 설교는 시끄러운 주장이었지만, 스승의 말은 침묵을 담고 있었다. 단순하게 감탄하며 사는 대신 우리는 너무 많은 것에 둘러싸여 있다. 너무 많은 약, 너무 많은 식당, 너무 많은 휴대폰, 너무 많은 살생……. 너무 많은 것들 속에 너무 겹핍된 인생.

혹시 우리에게 너무 많은 것은 부족함이고, 너무 적은 것은 충분함 아닌가? 너무 많은 것은 어떤 것을 적어지게 만든다. 20세기의 풍요 속 빈곤을 이야기한 독일 철학자 마르쿠제는 지적했다. 인간이 이룩한 풍요로운 물질적 만족이 비자유를 자유로, 불행을 행복으로 인식하게 만들었다고. 물질적 풍요가 자유와 행복이라는 환상을 낳는다는 것이다. 이런 '많음'의 감옥에 갇혀 사는 사람을 그는 '일차원적 인간'이라 불렀다.

원제 〈루르 게비트*Ruhr-Gebiet*〉는 독일의 탄전 공업지대로, 고오염 지역으로 유명했다. 현재는 예술촌으로 거듭났다. 앨런 긴즈버그(1926~1997)는 풍요 속에서 삶의 의미를 잃고 절망하던 젊은 세대의 우상이며 반문화 운동의 선두에 선 음유시인이었다.

사랑시

사랑을 할 때 우리는 풀을 사랑하게 된다.

헛간도, 가로등도

그리고 밤새 인적 끊긴 작은 중앙로들도.

로버트 블라이

한 친구가 인도 여행 중에 현지인 여성과 사랑에 빠졌다. 그러자 모든 풍경이 아름다워졌다고 한다. 벽의 낙서, 함께 탄 자전거 릭샤, 길에 널린 소똥과 경적 소리들, 노천 식당의 찌그러진 주전자마저 사랑하게 되었다. 힌디어를 배운다는 명분으로 만났는데, 그녀가 가르쳐 주는 단어마다 특별한 울림으로 다가왔다. 빛은 로스니, 어둠은 안데라, 운명은 바갸, 작별은 비다이…….

사랑을 하게 되면 평소에 관심 갖지 않던 것들까지 두루 사랑하게 된다. 무심코 지나치던 길가의 풀꽃, 페인트칠이 벗겨져 얼룩진 벽, 밤새 사람의 발길 끊어진 고독한 도로조차도. 갑자기 인식의 전환이 일어나고, 눈에서 비늘이 벗겨진 것처럼 세상이 새롭게 다가온다. 사랑은 상대방의 아름다움을 보는 것이며, 이를 통해 주위 모든 것들의 아름다운 속성까지도 인식하게 된다. 그때 우리는 자기중심적이었던 자아를 열어 더 많은 세상과 만난다. 그것이 사랑이 주는 존재의 확장성이다.

노르웨이 이민자의 아들로 태어난 로버트 블라이(1926~)는 현대 미국 문단에 큰 영향을 미친 시인이다. 하버드대학 졸업 후 동양적 세계관이 담긴 시들을 발표하는 한편 파블로 네루다, 잘랄루딘 루미, 까비르, 하피즈 등 당시 미국에 알려지지 않았던 인도와 아랍 및 중남미 시인들의 작품을 영어로 번역한 공로가 지대하다. 하이쿠와 참선 등에 심취하며 명상 시인으로서 독특한 시 세계를 열었다. 난해한 언어 지향적인 현대시에 건강한 활력을 불어넣었으며 반전운동가, 사회운동가로도 활동했다.

사랑이 끝났을 때도 우리는 길가의 풀과 전선줄 위의 새와 한밤중 인적 끊긴 네거리를 변함없이 사랑해야만 한다. 그것들은 사랑의 징표이며, 그것들로 인해 자아가 넓어졌기 때문이다. 사랑이 우리에게 일깨워 준 것은 우리가 가진 사랑의 능력이다. 사랑을 하기 전에는 그 놀라운 능력이 우리 안에 있음을 알지 못했다.

로버트 블라이는 시 〈제3의 몸*The Third Body*〉에서 사랑의 또 다른 신비를 묘사한다. 두 존재가 사랑을 할 때, 그 둘은 새로운 하나의 존재를 창조한다.

> 한 남자와 한 여자가 가까이 앉아 있다.
> 두 사람은 이 순간
> 더 나이 들었기를, 더 젊기를 바라지 않는다.
> 다른 나라, 다른 시간, 다른 장소에서 태어났기를
> 바라지 않는다.
> 지금 있는 그곳에
> 말하는 것, 혹은 말하지 않는 것에 만족한다.
> 그들의 숨은 우리가 알지 못하는 누군가에게
> 생명을 불어넣는다.

남자는 자신의 손가락이 움직이는 것을 본다.

그리고 자신에게 책을 건네는 여자의 손을 본다.

그들은 자신들이 공유하는 제3의 몸에 복종한다.

그들은 그 몸을 사랑하기로 약속했다.

늙음이 오고 이별이 오고 죽음이 올 것이다.

한 남자와 한 여자가 가까이 앉아 있다.

그들의 숨은 우리가 알지 못하는 누군가에게

생명을 불어넣는다.

안다 해도 우리가 본 적 없는 누군가에게.

왜

왜 너는 도쿄대학에 갈 생각을 않느냐고
고등학교 3학년 때 담임 선생님이 물었다.
저는 와세다대학에 가고 싶습니다 하고 대답했지만
그때 나는
키에르케고르 전집을 읽기 시작했기 때문에
이미 시험 공부할 사이가 없었다.

왜 너는 대학을 그만 두냐고
대학 3학년 때 아버지는 물었다.
나는 방자하게도
입학할 때부터 졸업할 생각이 없었고
졸업장 갖고 세상을 살아가는 것은
비겁한 사람이나 하는 일이고
중학교만 졸업한
아버지의 길에도 거스르는 일이라고 대답했다.

왜 너는
아나키스트가 되었냐고

올 삼월에 암으로 죽은 친구가 물었다.
그 친구는 깊은 연민과 힘을 가지고
평생을 사랑 하나로 일관한 보기 드문 사람이었다.
나는 그에게
어디나 다 중심이고
또 거기에는 그 나름의 질서가 있으니
정부 따위는 필요없는 게 아니냐고 대답하지 않고
너 또한 아나키스트인 게 분명하다고 대답했다.

왜 너는
도쿄를 버리고 이런 섬에 왔느냐고
섬사람들이 수도 없이 물었다.
여기에는 바다도 있고 산도 있고
무엇보다도 수령이 7천 2백년이 된다는 죠몬 삼나무가
이 섬의 산속에 절로 나서 자라고 있기 때문이라고
대답했지만
그것은 정말 그랬다.
죠몬 삼나무의 영혼이

이 약하고 가난하고 자아와 욕망만이 비대해진 나를
이 섬에 와서 다시 시작해 보라고 불러 주었던 것이다.

왜 너는
지금도 외롭고 슬프냐고
산이 묻는다.
그 까닭을 나는 모른다.
당신이
나보다도 훨씬 외롭고 슬프고
훨씬 풍요롭게 거기에 계시기 때문이 아닐까 싶지만
그 까닭을 나는 모른다.

야마오 산세이(최성현 옮김)

우리가 하려는 일에 대해 세상은 언제나 '왜'냐고 묻는다. 마치 자신들은 인생이 가야 할 길을 알고 있는 것처럼. 인도를 가려고 하면 왜 위험한 그런 곳을 가려느냐고 묻는다. 핀란드에 오로라를 보러 가려고 하면 왜 자격증부터 따지 않느냐고 묻는다. 채식을 실천하려고 하면 채소에는 생명이 없느냐고 묻고, 무정부주의자라고 하면 너는 어느 나라 사람이냐고 묻는다. 그런 질문들에는 일일이 답할 필요가 없다. 어떤 대답을 해도 이해하지 못할 것이기 때문이다. 세상을 이해시키느라 자신 안의 불을 다 태울 필요는 없다. 외롭고 쓸쓸할 때, 눈을 멀리 돌리고 산을 바라보라. 훨씬 더 외롭고 굳건한 산이 거기 말없이 있지 않은가.

내가 존경하는 일본인을 꼽으라면 한국 민속 예술의 우수성을 인식하고 일제강점기에 조선의 문화를 지키려고 노력한 민예 연구가 야나기 무네요시, 노자 사상을 현실에 옮겨 자연농법의 새로운 지평을 연 후쿠오카 마사노부, 그리고 이 사람 야마오 산세이(1938~2001)이다.

도쿄 출신의 산세이는 30대 초반부터 〈부족〉이라는 이름의 대안 문화 공동체를 시작해 현대 문명에 저항하고 자연과 하나되기를 꿈꾸었다. 30대 후반에는 도쿄에 '모든 사람이 꿈꾸는 살기 좋은 마을' 만들기에 참여했다. 그리고 마흔 살이 되었을 때 온 가족을 데리고 폐촌이라 불리는 일본 최남단의 작은 섬 야쿠시마의 마을로 터전을 옮겼다. 그곳에 사는 이유에 대해 그는 '맑은 시냇물이 흐르고, 소유하는 기쁨이 아니라 자연 그 자체의 아름다움을 느끼는 영적인 기쁨'을 말했다.

야쿠 섬은 태풍의 길목이다. 그곳에서 산세이는 자기만의 나무, 자기만의 바위, 자기만의 별을 고르고, 문짝을 날려 버리는, 나무를 휘어지게 하는 태풍에서도 기쁨을 느꼈다. 그곳의 수천 년 된 죠몬 삼나무를 숭배하며 농사를 지었다. 그리고 한편으로는 인도와 네팔을 여행하며 구도자로서 살았다. 그의 삶은 많은 일본 젊은이들에게 큰 반향을 일으켰다. 『삼나무, 성스러운 노인』, 『어제를 향해 걷다』, 『여기에 사는 즐거움』 등의 저서를 냈으며, 게리 스나이더와의 대담집 『하나로 이어진 성스러운 지구』도 있다.

그 사람에 대한 소개글을 읽는 것만으로도 삶의 방향이 정해지는 이가 있다. 야마오 산세이는 내가 살지 못한 삶을 실천한 사람이다. 그러나 늘 그의 삶을 바라보게 된다. 틱낫한은 『살아 있는 붓다, 살아 있는 그리스도*Living Buddha, Living Christ*』에서 말한다.

"북쪽으로 가려고 할 때 북극성을 길잡이로 이용할 수 있지만 북극성에 도달하려는 것은 아니다. 북극성에 도달하는 것은 불가능하다. 우리의 노력은 그 방향으로 계속 나아가 자신의 장소에 도달하는 일이다."

모두 다 꽃

장미는 어떻게
심장을 열어
자신의 모든 아름다움을
세상에 내주었을까?

그것은
자신의 존재를 비추는
빛의 격려 때문

그렇지 않았다면
우리 모두는
언제까지나
두려움에 떨고 있을 뿐

하피즈

겨울을 이겨 낸 장미가 봉오리를 맺었다. 봉오리는 망설인다. 단단한 꽃받침을 열어 심장부의 꽃을 드러내는 것이 두렵다. 추위와 벌레에 대한 기억 때문이다. 그럼 봉오리는 어떻게 자신을 여는가? 바로 '격려'이다. 빛의 격려, 비의 격려, 기다림의 격려, 꽃을 품은 땅의 격려 없이는 꽃은 봉오리를 열 수 없다. 평생을 우주 연구에 바친 천문학자 칼 세이건이 말했다. "우리처럼 작은 피조물들은 우주의 광대함을 오직 사랑을 통해서만 견딜 수 있다."

14세기 페르시아의 시인 하피즈(혹은 하페즈)는 아랍과 인도의 대표적인 시 형식 가잘(2행으로 된 연작 형식의 시)을 완성시킨 사람이다. 괴테는 동양의 지혜가 담긴 하피즈의 시에 감동받아 자신을 하피즈의 영혼과 쌍둥이라 말하고, 하피즈의 시에 대한 화답으로 『서동시집西東詩集』을 썼다. 괴테의 평가로 가잘은 19세기 서양의 시 형식에 많은 영향을 미쳤다. 하피즈는 쓴다.

오늘밤의 주제는 사랑
내일밤의 주제도 사랑
우리가 나눌 대화의 더 좋은 주제를
나는 알지 못하네.
우리 모두 이곳을 떠날 때까지.

비

오늘 아침 눈을 떴을 때
하루 종일 이대로 침대에 누워
책을 읽고 싶다는 생각에 사로잡혔다.
잠시 그 충동과 싸웠다.

그러다 창밖을 보니 비가 내리고 있었다.
그래서 항복했다. 비 내리는 아침에
나 자신을 온전히 맡기기로.

나는 이 삶을 또다시 살게 될까?
용서할 수 없는 똑같은 실수들을 반복하게 될까?
그렇다, 확률은 반반이다. 그렇다.

레이먼드 카버

월트 휘트먼은 비를 '대지의 시'라고 했다. 세상을 순수하게 적시는 자연의 시. 이 글을 쓰는 지금 하루 종일 비가 내리고 있다. 약간은 차가운 봄비다. 이런 날은 감기 핑계라도 대고 이불 속에서 뒹굴고 싶어진다. 빗소리를 들으며 책을 읽는 것은 최고의 사치다. 이 시 속의 비도 왠지 봄비일 것 같은 느낌이 든다. 봄비 내리는 날에는 그저 마음에 순종하고 싶어진다.

레이먼드 카버(1938~1988)의 시는 비 오는 날에 어울린다. 카버는 비가 많이 내리는 미국 오리건주에서 가난한 제재소 노동자의 아들로 태어났다. 19세에 세 살 어린 소녀와 결혼해 스무 살 무렵에 이미 두 아이의 아버지가 되어 있었다. 가족을 부양하기 위해 제재소 일꾼, 집배원, 주유소 직원, 화장실 청소부 등 온갖 일을 하며 대학에서 창작 과정을 들었다. 작가가 되겠다고 했을 때 모두가 비웃었다. 30대에는 힘든 생활고와 아내와의 불화로 알코올중독에 빠졌다. 그때까지 3권의 시집을 냈으나 주목받지 못했다.

생계비를 버느라 글 쓸 시간이 없던 카버는 일이 끝나면 집에 돌아와 차고에서 글을 썼다. 당장 글을 팔아 원고료를 받아야만 했기 때문에 짧은 시간에 완성할 수 있는 단편소설을 주로 썼다. 소설의 주인공들은 그가 흔히 만나는 웨이트리스, 버스 운전사, 정비공들이었다. 그렇게 매일 글을 쓴 결과 어느덧 단편소설의 대가가 되었다. 41세에 출간한 단편집 『제발 조용히 좀 해요*Will You*

Please Be Quiet, Please?』가 전미도서상 후보에 오르고, 이어 발표한 단편집 『대성당*Cathedral*』이 퓰리처 상 후보에 오르면서 작가로서의 위치가 확고해졌다. 영화 〈숏 컷*Short Cuts*〉은 그의 단편소설들을 조합해 만든 것이다.

한번은 그가 작가 지망생에게 직업상의 비밀을 말해 주었다. "우선 살아남아야 하고, 조용한 곳을 찾아낸 다음, 매일 열심히 써라." 이 시 〈비〉는 오랫동안 계속된 알코올중독에서 마침내 벗어나고, 관계가 나빴던 아내와의 이혼으로 정신이 안정된 무렵에 쓴 것이다. 이 시기의 시에는 인생의 혼란에서 벗어난 평온함, 회한, 상실감, 삶에 대한 애정, 그리고 지우기 어려운 죽음의 예감이 담겨 있다. 얼마 후 폐암으로 일찍 세상을 떴다.

많은 실수를 저질렀지만, 그리고 다시 태어나도 그 실수들을 저지를 확률이 반반이겠지만, 카버는 너무나 멋진 작품들을 썼다. 그로 인해 1980년대 미국 문학은 단편소설 르네상스를 맞이했다. 더 살았으면 노벨 문학상을 탔을 확률이 '절반 이상'이라고 평자들은 말한다. 그렇다, 다시 태어나도 우리는 똑같은 실수를 저지를 확률이 반반이지만, 인생의 실수, 그것은 아무것도 아닌 것이다.

어떤 사람

이상한 일은 어떤 사람을 만나면
몹시 피곤해진다는 것, 그런 사람과 함께 있으면
마음속 생각이 모두 움츠러들어
마른 잎처럼 바삭거린다는 것.

그러나 더 이상한 일은
또 다른 사람을 만나면
마음속 생각이 갑자기 환해져서
반딧불이처럼 빛나게 된다는 것.

레이첼 리먼 필드

그렇다, 두 종류의 사람이 있다. 기를 빼앗고 인생을 재미없게 만드는 사람과 봄날처럼 마음이 밝아지게 하는 사람이. 나 역시 누군가에게는 둘 중 하나일 수 있다. 당신이 어떤 사람이 되고 싶은가는 분명할 것이다. 우리가 힘을 갖는 궁극적 이유는 다른 사람들에게 힘을 주기 위해서다.

시인, 소설가, 극작가, 아동문학가로 활동한 레이첼 리먼 필드(1894~1942)는 어느 인형의 삶을 묘사한 『히티, 처음 백 년 동안의 이야기*Hitty, Her First Hundred Years*』로 해마다 가장 뛰어난 아동 도서를 쓴 작가에게 주는 아동 도서계의 노벨 문학상인 뉴베리 상을 수상했다. 이 시는 어린이를 위한 시집에도 자주 실린다.

이 시 자체가 우리의 마음을 반딧불이처럼 밝히는 힘을 가지고 있다. 뉴욕시 이스트 40번가 출신의 레이첼이 어렸을 때 집 근처 숲에서 꽃을 따다가 집시들의 무리와 맞닥뜨렸다. 집시들이 아이를 납치해 간다는 얘기를 들은 적이 있는 레이첼은 비명을 지르며 달아나다가 숲의 철조망에 걸리고 말았다. 한 집시가 다가와 더 크게 울어 대는 레이첼을 안아 무사히 바닥에 내려 주었다. 건너편 길에 가서야 뒤를 돌아본 소녀는 집시들의 목에 건 구슬 목걸이와 환하게 미소 짓는 얼굴들을 보고 그때부터 집시를 좋아하게 되었다. 첫 시집에 집시에 대한 시를 싣기도 했다. 마음을 밝게 빛나게 한 만남이었던 것이다.

보나르의 나부

그의 아내.

40년 동안 그는 그녀를 그렸다.

몇 번이나 몇 번이나.

최후에 그린 누드도

최초로 그린 젊었을 때의 누드와 같았다.

그의 아내.

그가 기억하는 젊은 그녀를 그렸다.

젊었을 때 그대로.

욕조에 있는 그녀

화장대 거울 앞에 있는 그녀

벗은 몸으로.

양손을 두 젖가슴 아래 얹고

정원을 내다보고 있는 그의 아내.

태양이 온기와 색을 그곳에 주고 있다.

살아 있는 모든 것들이 꽃처럼 활짝 피어 있는 그곳

그녀는 젊고, 약간 떨며, 욕망을 자아낸다.
그녀가 죽은 후에도 그는
얼마 동안 그림을 그렸다.

풍경화 몇 점을
그리고 죽었다.
그리고 아내 옆에 묻혔다.
그의 젊은 아내 옆에.

레이먼드 카버

화가가 자신의 연인이나 아내를 그림의 모델로 삼는 것은 특별한 일이 아니다. 색채의 마술사라 불리는 프랑스 화가 피에르 보나르(1867~1947)도 아내를 모델로 많은 그림을 그렸다.

보나르는 파리의 거리를 걷다가 마르트와 처음 마주쳤다. 전차에서 내리는 그녀를 보고 첫눈에 반해 집까지 쫓아갔다는 이야기도 있다. 화가가 아름다움을 느끼는 건 본능이다. 그때부터 보나르는 그녀를 그리기 시작했으며, 둘은 연인 사이가 되어 함께 살았다. 40년 동안 그녀를 그리고 또 그렸다.

보나르는 마르트의 누드를 주로 그렸는데, 그녀가 늙은 후에도 언제나 젊고 아름답게만 그렸다. 사실 마르트는 정상적인 여성이 아니었다. 처음 만났을 때 보나르는 26세였고 마르트는 24세였으나, 그녀는 자신을 열일곱 살이라고 소개했다. 그녀는 자신의 본래 모습을 감추는 습관이 있었고, 평생을 자신이 꾸민 상상의 자아에 갇혀 살았다. 이름도 마리아 부르쟁이 본명이었지만, 귀족풍의 '마르트 드 멜리니'라는 예명을 사용했다. 그녀가 어디서 온 누구인지 아무도 몰랐으며, 보나르조차 그녀의 본명을 32년 후에야 알았다. 정식으로 혼인신고를 해야 했기 때문이다.

보나르가 그녀의 누드를 주로 그린 데는 이유가 있었다. 강박증과 신경쇠약뿐 아니라 피부 질환으로 고통받은 마르트는 욕조에서 많은 시간을 보냈다. 하루에도 몇 번씩 목욕을 했으며, 몇 시간이고 계속해서 비누를 몸에 문질렀다. 그래서 화폭에 담긴 그녀는 욕조의 물속에 길게 누워 있거나, 욕조에 막 들어가려 하고 있거나, 욕조에서 나오는 모습이 대부분이다. 대표작 중 하나인 〈역광 속의 누드〉에서는 목욕을 마치고 창으로 비쳐 드는 화사한 햇빛을 받으며 집 안의 안락한 환경 속에 편안하고 육감적인 자세로 서 있는 그녀를 볼 수 있다. 실제의 욕실은 흰색이었으나 보나르는 극대화된 색채로 그녀의 알몸에 봄의 생명력과 몽환적 분위기를 불어넣었다.

우리는 태어날 때 저세상과 이 세상 사이의 자그마한 틈새를 통과해야 하는데, 어떤 영혼은 그 틈새에 부딪쳐 몸과 마음이 아프다고 한다. 보나르가 마르트를 언제나 젊고 건강하게 그린 것은 그녀에 대한 연민과 사랑이었다. 병으로 고통받는 그녀를 보는 것이 마음 아팠고, 그래서 자신의 그림으로 그녀를 영원히 젊게 지켜 주고자 했다. 다른 방법으로는 할 수 없었기 때문에 예술로써 아름다움과 생의 만족감을 지닌 불멸의 존재로 표현한 것이다. 그래서 마르트는 언제나 빛과 색채에 흠뻑 젖은 화폭 속에서 젊고, 약간 떨고, 욕망을 자아내는 누드를 수줍은 듯 과시하고 있다.

연약하고 신경질적이고 귀에 거슬리는 목소리를 지닌 마르트는 나이가 들수록 편집증 증세를 보였다. 그러나 보나르의 그림 속 그녀는 더욱 감미롭고, 유연하고, 화려한 색채 안에서 평화롭다. 일흔 살이 넘어서 그린 〈욕조 속 누드*Nu à contre-jour*〉에서도 여전히 '젊은 마르트'의 탄력 있는 몸으로 물속에 누워 있다.

완성된 자신의 그림에 몰래 덧칠을 하는 것으로 유명했던 완벽주의자 보나르, 그러나 그는 마르트의 얼굴만은 자세히 그리지 않고 언제나 흐릿하게 처리했다. 그렇게 보나르는 마르트가 죽을 때까지 400점 가까이 그녀를 그렸다.

'창백한 새와 같았고, 자신에 대해 어떤 말도 하지 않았으며, 보나르 외에 누구와도 교감을 원치 않았던' 마르트, 외출할 때는 모자로 얼굴을 가리고 심신의 병으로 무너져 가던 마르트, 그러나 그림 속에서는 '처음 만났을 때의 그 모습 그대로' 영원히 변치 않는 미를 간직하고 있는 행복한 여성, 그것이 '보나르의 나부들'이다. 생을 마치는 날까지 모든 결점을 감싸 준 사랑의 기록이다. 마르트가 먼저 죽자 보나르는 초라한 풍경화 몇 점을 그리고 5년 후 사망했다. 아련한 슬픔 같은 것이 밀려드는 이 이야기를 '헤밍웨이 이후 가장 영향력 있는 작가'로 꼽히는 소설가이자 시인인 레이먼드 카버가 한 편의 시에 담았다. 일본에서는 이 시를 무라카미 하루키가 번역 소개했다.

지구에서 우리는 무엇을 하고 있는가

나는 고요히 앉아, 혹은 천천히 걸으며
시간을 보내고 싶다.
내 존재의 기본 감각을 느끼고 싶고
살아 있는 것과 죽은 것에 놀라워하고 싶고
나의 호흡을 바라보고 싶고
공기 중의 온갖 소리를 듣고 싶고
구름과 별들로 내 눈을 애무하고 싶다.

일체의 걱정을 내려놓고 크게 웃고 싶고
삶과 죽음이 동전의 양면임을 완전히 깨닫고 싶다.

나는 이성의 동반자가 한 명 있었으면 한다.
나와 하나가 되었다가 때로는 나와 씨름하고
나를 잘 따르다가 다음번엔 내 말에 반대하고
나를 존중하면서도 많은 일을 나보다 잘할 수 있다는 것을
문득문득 보여 주는 그런 동반자가.

나는 관심 있는 독자와 청중을 위해

글을 쓰고 이야기하고 싶고
그들을 감동시키고 싶고
그들의 질문에 함께 생각하고 싶다.
또한 내가 모르는 것들에 대해 지루하지 않게 얘기해 주는 사람에게
귀 기울이고 싶다.

빛과 바람의 변화무쌍한 면을 그대로 반영하고
갈매기와 펠리컨과 제비갈매기와 논병아리와 야생 오리들이 찾아오는 물을
그저 바라보고 싶다.

멀리 떨어진 바위 위나 고독한 해변에 앉아
파도 소리를 듣고 싶고
새벽 하늘을 응시하고 싶다.

앨런 와츠

잎사귀는 온전한 잎사귀가 되려고 하고, 나비는 온전한 나비가 되려고 한다. 인간 역시 온전한 자기 자신을 갈망한다. 이것이 모든 존재가 가진 영성이라고 시인 엘렌 바스는 말했다. 세상은 우리에게 다른 무엇이 되라고 요구하지만 우리에게는 야생 오리처럼 '지금 이 순간 온전히 자기 자신으로 존재하는' 시간이 필요하다.

영국 출신의 사상가이며 20세기의 대표적인 불교 저술가인 앨런 와츠(1915~1973)는 이십 대에 미국으로 이주해 참선을 배웠다. 도중에 신학대학에 들어가 영국성공회 목사가 되었으며 동양 사상을 주제로 20여 권의 저서를 썼다. 대표작 『선의 길*The Way of Zen*』은 물질주의와 세속화에 빠진 서구 세계에 '지금 이 순간'이라는 화두를 던져 큰 영향을 미쳤다. 서양인으로는 드물게 '영적 구루'의 반열에 올라 많은 이들이 따랐으며, 1960년대 인기 텔레비전 프로그램 〈동양의 지혜와 현대인의 삶〉의 진행자로도 활동했다.

"인간이 자기 자신을 '다른 사람들이 정의 내린 자신'과 더 이상 혼동하지 않을 때, 그는 그 즉시 우주적이고 독특한 존재가 된다."라고 와츠는 말했다. 또 다른 책에서는 이렇게 썼다.

"한번은 위대한 선승과 토론하던 중 선에 관한 책들을 영어로 번역하는 일에 대해 대화를 나눴다. 그때 선승이 말했다. '그건 시간 낭비이다. 당신이 진정으로 선을 이해한다면 당신은 어떤 책이든 사용할 수 있다. 성경을 사용할 수 있고 『이상한 나라의 앨리스』를 사용할 수도 있다. 왜냐하면 빗소리는 번역이 필요없기 때문이다.'"

우리는 지구에서 무엇을 하고 있는가? 세상에 속해 있지만, 온전히 자기 자신이 되어 살아가고 있는가? 여기 작자 미상의 시 〈나의 소망*My Wish*〉이 있다.

> 나는 단순하게 살고 싶다.
> 비가 내릴 때 창가에 앉아
> 전 같으면 결코 시도해 보지 않았을
> 책을 읽고 싶다.
> 무엇인가 증명할 것이 있어서가 아니라
> 그냥 원해서 그림을 그리고 싶다.
> 내 몸에 귀를 기울이고 싶고
> 달이 높이 떠올랐을 때 잠들어
> 천천히 일어나고 싶다.
> 급하게 달려갈 곳도 없이.
> 나는 그저 존재하고 싶다.
> 경계 없이, 무한하게.

먼지가 되기보다는 재가 되리라

먼지가 되기보다는 차라리 재가 되리라.
마르고 푸석푸석해져 숨 막혀 죽기보다는
내 생명의 불꽃을
찬란하게 타오르는 불길 속에
완전히 불태우리라.
활기 없이 영원히 회전하는 행성이 되기보다는
내 안의 원자 하나하나까지
밝은 빛으로 연소되는
장엄한 별똥별이 되리라.
인간의 본분은 그냥 존재하는 것이 아니라
살아가는 것
나는 단지 생을 연장하느라
나의 날들을 허비하지는 않으리라.
내게 주어진 시간을 쓰리라.

잭 런던

나는 시의 운을 맞춘다.

나 자신을 보려고

어둠을 메아리치게 하려고.

— 셰이머스 히니

우리는 시를 읽는다. 우리 자신을 보려고, 그리고 어둠 속에 자신의 목소리를 메아리치게 하려고. 인생의 어느 시기에 우리는 자신이 무난하게 회전하고 있음을 느낀다. 그 느낌은 삶이 우리에게 보내는 신호이다. 무난함은 늪이다. 우주가 지탱되는 것은 행성들이 안정적으로 회전하고 있기 때문이기도 하지만 어디선가 끝없이 초신성들의 폭발이 일어나기 때문이다. 그것이 우주에 새로운 입자들과 질료를 제공한다. 삶도 주기적으로 자신을 깨우는 폭발이 일어나야 한다.

순회 점성술사의 사생아로 태어난 잭 런던(1876~1916)은 극심한 가난 속에서 온갖 육체노동과 방랑으로 소년기를 보냈다. 부랑아로 경찰에 체포되어 빵과 물만으로 채석장에서 중노동을 하기도 했다. 그러던 어느 날 동네 도서관에서 『로빈슨 크루소』를 읽고 작가가 되기로 결심했다. 불타는 별똥별이 되기로 마음먹은 것이다. 그 후 닥치는 대로 책을 읽으며 고등학교에 입학해 석 달 만에 전 과정을 마치고 캘리포니아대학에 입학했다.

하루에 5천 단어씩 써 내려갔고, 27세에 야성과 폭력이 지배하는 인간 세계를 통렬히 묘사한 장편소설 『황야의 부르짖음*The Call of the Wild*』을 발표해 일약 유명 작가가 되었다. 생계를 위해 식당의 접시닦이, 청소부, 통조림 공장 직공, 부두 노동자 등 다양한 경험을 거친 것이 작품의 소재가 되었다. 삶 자체가 그의 작품이었으며, 원초적이고 단도직입적인 문장으로 인간의 본성을 표현했다. 18년 동안 51편의 작품을 쓰고 마흔 살 나이에 생을 마쳤다. 뜨겁게 불타고 재가 된 것이다. 위의 글은 시로서 발표된 작품은 아니며, 죽기 얼마 전 자신을 찾아온 친구들과 기자 앞에서 삶에 대해 토론하던 중 유언처럼 남긴 말이다.

스페인 시인 후안 라몬 히메네스는 썼다.

> 그들이 가지런히 줄 쳐진 종이를 주거든
> 줄에 맞추지 말고 다른 방식으로 써라.

남이 줄 쳐 준 대로 살지 말라는 것이다. 그렇게 살면 줄 안에 갇혀 버리기 때문이다.

층들

수많은 삶을 걸어왔다.
그중 어떤 것은 나 자신의 삶
몇 가지 원칙을 지키며
그것에서 벗어나지 않기 위해 노력했지만
지금의 나는 과거의 나가 아니다.
여행을 계속해 나갈 힘을 얻기 위해 뒤돌아보면
보이는 것은
지평선을 향해 작아지는 이정표들과,
버려진 야영장에서 피어오르는 힘없는 불꽃들
그 위로 무거운 날개로 선회하는
거리 청소하는 천사들
나는 진실한 애정으로 부족을 만들었지만
나의 부족은 모두 흩어졌다.
어떻게 하면 심장이
상실의 축제와 화해할 수 있을까.
불어오는 바람 속
도중에 쓰러진 친구들의 회한에 찬 먼지가
아프게 얼굴을 찌른다.

그러나 나는 돌아선다.
내가 가야만 하는 곳이 어디든
가고자 하는 온전한 의지로 기쁘게 나아간다.
길가의 모든 돌들이 내게는 소중하다.
달마저 가리운 어두운 밤
잔해들 속을 헤매고 있을 때
비구름 속 어디선가 하나의 목소리가
내게 알려 주었다.
'쓰레기 더미가 아닌
층들 속에서 살라.'
비록 그 의미를 해독하는 기술은 부족하나
의심할 여지없이
내 변신 이야기의 다음 장은
이미 써져 있다.
나의 변화는 아직 끝나지 않았다.

스탠리 쿠니츠

‘쓰레기 더미가 아닌 층들 속에서 살라.’ 어느 날 꿈속에서 계시처럼 이 문장을 듣고 시인은 이 시를 썼다고 한다. 상실감으로 가득한 시간, 폐허의 잔해 속을 헤맬 때 어디선가 계시가 들린다. 계시는 모든 것이 잘될 때 오지 않는다. 폭풍우 속에서 얼굴에 비를 맞을 때 번개와 함께 내려온다.

스탠리 쿠니츠(1905~2006)의 삶은 시작부터 상실이었다. 태어나기 몇 주 전 아버지가 자살했으며, 어린 쿠니츠는 시장에서 장사하는 리투아니아 출신의 홀어머니 밑에서 자랐다. 열다섯 살에 집을 나와 정육점 조수로 일하며 하버드대학 영문학과를 우등으로 졸업했지만 유대인이라는 이유로 교수가 될 수 없었다. 스물다섯 살에 쿠니츠는 헬렌 피어스라는 시인과 사랑에 빠져 결혼한 뒤 코네티컷의 농장으로 이사했다. 그러나 헬렌은 어느 해 봄, 흔적도 없이 농장을 떠났다. 그녀의 마음속에 어떤 일이 일어났는지 쿠니츠는 끝내 알지 못했고, 그 후 10년을 암흑 속에서 보냈다. 이 기간에 두 누이와 어머니도 잃었다.

끝없는 상실들과 어둠이 내면을 깊어지게 했다. 그리고 표현하지 못한 고통은 더 짓눌린다. 『지적인 것들*Intellectual Things*』 『시험나무*The Testing-Tree*』 등 12권의 시집을 낸 스탠리 쿠니츠는 미국을 대표하는 현대 시인 중 한 사람이 되었으며, 퓰리처 상과 내셔널 메달 오브 아트를 비롯해 주요 문학상을 모두 수상했고, 열 번째 미국 계관시인으로 선정되었다.

어떤 삶은 상황이 허락하지 않아 우리의 것이 될 수 없었다. 우리가 진실한 애정을 쏟았던 사람들, 나의 '부족'이라 여겼던 이들도 등을 돌리고 멀어져 갔다. 꺼져 가는 야영장의 불꽃들, 멀어지는 이정표들, 그것들은 아픔과 더불어 의지를 주었다. 어떤 일을 겪었든 자신의 길을 가기 위해 돌아서야만 한다. 폐허 속에서 변신을 시도해야만 한다. 실패들, 이별들, 잃음들 속에서도 자신이 기준으로 삼는 '원칙'은 변치 않아야 한다. 그 원칙에서 멀어지지 않는다면 다 잃었어도 잃은 것이 아니다.

80세 생일에 쿠니츠는 썼다. "무엇이 삶을 움직이는가? 첫째도 열망, 둘째도 열망, 셋째도 열망이다." 경험으로부터 배우지 못한다면 그것들은 쓰레기 더미에 불과하다. 배움을 얻으면 경험들마다 다음 단계로 나아가는 각각의 층이 된다. 열망으로 가득한 자에게 변화는 끝이 없다.

시 〈실험 나무*The Testing Tree*〉에서 쿠니츠는 쓴다.

가혹한 시간들 속에서
마음은 부서지고 또 부서진다.
그렇게 부서짐으로써 산다.

위험

마침내 그날이 왔다.
꽃을 피우는 위험보다
봉오리 속에
단단히 숨어 있는 것이
더 고통스러운 날이.

엘리자베스 아펠

짧은 시에 인생의 본질이 담겨 있다. '안전한 곳에 머물기'와 '불확실성에 뛰어들기'는 언제나 중요한 화두이다. 배는 항구에 정박해 있기 위해 만들어진 것이 아니기 때문에 바다로 나아가야만 한다. 폭풍우 치는 세계로 나아가는 것은 위험하다. 그러나 더 위험한 일은 항구에 정박한 채 녹슬어 가는 것이다.

내 삶에도 전환점이 몇 차례 있었다. 만약 안전한 영역에 머물기로 선택했다면 지금의 나는 없었을 것이다. 처음에 나는 미지의 세계를 두려워하며 단단히 갇힌 봉오리였다. 만약 내가 계속 안전한 영역에 머물러 있기로 선택했다면 지금의 나는 없을 것이다. 다양한 여행과 경험과 만남은 희망 사항에 불과했을 것이다. 왜 신은 안전선 밖에만 성장의 보물들을 숨겨 놓는 것일까?

봉오리는 준비 기간이지만 시간 제한이 있다. 그 시간은 생명의 질서가 정해 놓은 것이다. 일정 기간이 지나도 꽃을 피우지 않으면 봉오리는 그 상태로 말라죽을 수밖에 없다. 봉오리의 안전함은 사실 환상에 지나지 않는다. 처음에는 안전한 곳이지만 차츰 매우 위험한 곳이 된다. 고치 속에서 가늘게 숨쉬고 있다고 해서 나비의 삶을 말할 수 있는가? 전사의 위대함은 그가 입고 있는 갑옷이 결정하는 것이 아니다.

이 시는 프랑스 출신의 미국 작가 어네이스 닌의 시로 전파되어 오프라 윈프리나 디팍 초프라 등도 그렇게 소개했지만 미국의 무명 작가 엘리자베스 아펠의 시인 것이 후에 밝혀졌다.

봉오리인 채로 나이 먹어 가는 사람들을 나는 안다. 인간의 아픔은 아름답지 못한 꽃을 피운 것이 아니라 개화를 시도하지도 않고 평생 봉오리 상태로 머물러 있는 것이다. 변화는 고통을 의미하지만 봉오리 속에만 머물러 있는 것은 더 고통스럽다. 가슴께 어딘가가 아프다면 꽃 피우지 못한 봉오리가 있는 것이다. 그때가 새로운 도전을 해야 할 시간이다. 봉오리가 꽃으로 피어나는 것보다 더 큰 환희가 어디 있는가?

누구도 그것을 대신해 줄 수 없다. 아무리 뛰어난 정원사라 해도 봉오리를 외부에서 열어 꽃이 되게 하는 일은 불가능하다. 안에서 스스로 껍질을 깨면 새가 되지만, 밖에서 껍질을 깨면 그 알은 새가 되지 못하고 생명이 끝난다.

잠시라도 귀를 기울여 듣는다면, 세상의 수많은 꽃들이 우리에게 격려의 말을 건네고 있음을 알게 된다. 그 꽃들 역시 봉오리의 상태를 떨며 통과했기 때문이다. 우리 자신의 존재를, 그 개화를 격려하는 사람을 만나야 한다. 봉오리를 열어 자기 존재의 아름다움을 세상과 나누는 것이 모든 꽃의 의무이다.

납치의 시

시인에게
납치된 적이 있는가.
만약 내가 시인이라면
당신을 납치할 거야.
나의 시구와 운율 속에
당신을 집어넣고
롱아일랜드의 존스 해변이나
혹은 어쩌면 코니아일랜드로
혹은 어쩌면 곧바로 우리 집으로 데려갈 거야.
라일락 꽃으로 당신을 노래하고
당신에게 흠뻑 비를 맞히고
내 시야를 완성시키기 위해
당신을 해변과 뒤섞을 거야.
당신을 위해 현악기를 연주하고
내 사랑 노래를 바치고
당신을 얻기 위해선 어떤 것도 할 거야.
붉은색 검은색 초록색으로 당신을 두르고
엄마에게 보여 줄 거야.

그래, 만약 내가 시인이라면
당신을 납치할 거야.

니키 지오바니

시로 사랑을 납치하는 것은 불가능하다는 것이 젊은 날의 내 뼈아픈 경험이었다. 시를 쓴다는 이유로, 시인이 되려고 한다는 이유로 여자친구의 부모들은 나에게 가혹했다. 접근조차 허락되지 않았다. 그래서 고독을 이기려고 더 시에 매달렸으며, 그럴수록 내 시는 더 난해해졌다.

이 시가 이 시집 1권에서 우리가 함께 읽는 마지막 시다. 기꺼이 시에 납치당해 준 당신에게 감사드린다. 먹고살기도 바쁜데 어처구니없이 시에 납치당하다니! 처음에 페이스북과 트위터에서 아침마다 이 시들을 소개하기 시작했을 때, 과연 누가 읽을 것인가 의문이 들었었다. 그런데 수많은 사람들이 접속해 시를 읽고, 감상을 달고, 메시지를 보내 왔다. '현대인은 시를 읽지 않는다'는 고정관념은 틀렸던 것이다. 우리는 시가 필요하고 시를 좋아하는 것이다.

시를 통해 인생과 세상을 이해하려는 방식은 아직 유효하다. 좋은 시를 쓰는 시인들이 있고, 그 시를 읽는 사람들이 존재하는 세상은 얼마나 희망적인가! '세상은 시를 통해 말문이 막힌 인간 영혼을 침범한다.'고 프랑시스 퐁쥬는 썼다. 사람들이 "당신은 언제 시인이 되었는가?"라고 물으면 어떤 시인처럼 나는 이렇게 되묻는다. "당신은 언제부터 시인이 아니게 되었는가?"

러시아 영화감독 안드레이 타르코프스키는 『봉인된 시간*Die Versiegelte Zeit*』이라는 제목의 책에서 예술은 무엇을 위해 존재하는

가를 말하며 다음의 일화를 들려준다.

"어느 여자 노동자가 편지를 보내 왔다. '일주일 동안 나는 당신의 영화를 네 번이나 보았습니다. 단순히 영화만을 보려고 영화관에 간 것은 아니었습니다. 내게 중요한 건, 적어도 몇 시간 동안은 진정한 삶을 산다는 것, 진정한 예술가 그리고 인간들과 함께 산다는 것이었습니다.' 예술적 형태는 인류가 발명한 유일하게 이기적이지 않고 사욕이 없는 것이다. 어쩌면 인간 존재의 의미는 아무 목적도 없고 전혀 사리사욕 없는 예술적 행동에 있을 것이다."

그래, 나는 당신을 또다시 시로 납치할 거야. 운율과 시구 속에 당신을 집어넣고, 벼랑에 핀 꽃으로 당신 감정의 운을 맞추고, 당신을 비 내리는 해변에 혼자 서 있게 할 거야. 워즈워스가 '우리 영혼은 불멸의 바다 풍경을 품고 있다.'라고 썼으니까. 더 깊은 울림을 가진 시들로 당신을 계속해서 사로잡을 거야. 시에 사로잡히는 것만큼 신선한 일도 없으니까. 당분간 여행을 떠났다가 돌아와서 꼭 그렇게 할 거야.

시가 그대에게 위로나 힘이 되진 않겠지만

시는 일종의 '유리병 편지'와 같다.
그 유리병이 언젠가 그 어딘가에,
어쩌면 누군가의 마음의 해안에 가닿으리라는 희망을 품고
시인이 유리병에 담아 띄우는 편지 말이다.
— 파울 첼란(독일 시인)

어느 날 당신이 해변에 갔는데, 파도에 밀려온 나뭇가지와 해초와 물고기뼈들의 잔해 더미에서 투명한 병 하나를 발견한다. 병 속에 종이 한 장이 들어 있는 것을 보고 뚜껑을 연다. 종이에는 시가 적혀 있다. 당신은 그 시를 소리 내어 읽는다. 모든 시는 그렇게 시인이 세상의 바다에 띄워 보낸 것이다. 시인은 자신의 시가 시공간을 항해해 언젠가는 누군가에게 가닿으리라고 믿는다.

여기 소개한 시들은 내 인생의 해안에 도착한 시들이다. 나는 내가 누구이며 어디쯤 서 있는지 알기 위해 시를 읽는다. 삶은 불

가사의한 바다이고, 시는 그 비밀을 해독하기 위해 바닷가에서 줍는 단서들이다. 우리를 둘러싼 세상의 모든 것이 암호 해독의 단서이다. 그러므로 우리는 시인의 눈으로 세상을 바라봐야 한다.

읽고 쓰면서 우리는 문학적이 되어 간다. 시는 영혼의 열기이다. 시를 쓰거나 읽을 때 뺨과 이마가 상기되고 머리가 뜨거워지지 않는가. 이 시들을 밤에 읽기를 권한다. 작은 조명 아래서 모두 잠든 사이에, 혹은 아무도 없는 한낮의 시간에. 시는 그렇게 만나야 영혼에 열기를 지핀다.

자신을 존경했던 스무 살이 채 안 된 시인 지망생 프란츠 카푸스에게 보낸 편지들(『젊은 시인에게 보내는 편지』)에서 릴케는 '내가 하는 말이 그대에게 위로나 힘이 되진 않겠지만'이라고 쓰곤 했다. 그러나 릴케의 편지가 그런 역할을 했듯이, 우리는 함께 질문하고 공감함으로써 위로받고 강해진다. 문학평론가 이택권은 말했다.

"모든 시가 다 그래야 하는 것은 아니지만, 시는 우리가 잃어버린 그 무엇을, 설렘을, 위로를 되찾아 주어야 한다. 어두워진 마음에 등불 하나 걸어 주고, 언어의 쌀로 배고프지 않게 해 주고, 그래서 우리 생은 따뜻해야 하지 않겠느냐고 항의 섞인 물음을 던져 주어야 한다."

'시poem'의 그리스어 어원은 '창조하다poiein'이다. 시는 우리에게 '너의 삶을 창조하라'고 말한다. 삶에는 특별한 순간들이 있다. 비가 내리는 순간, 꽃이 피는 순간, 사랑과 고독의 감정이 일어나는 순간……. 시는 그 특별한 순간들을 이야기한다.

이 시집을 펼쳐 읽는 순간, 조심해야 한다. 노벨 문학상 수상 시인부터 프랑스의 무명 시인, 아일랜드의 음유 시인, 노르웨이의 농부 시인과 일본의 동시 작가가 당신을 유혹할 것이다. 그럼 당신은 시의 해변에서 홀로 비를 맞아야 하고, 감정의 파도로 운율을 맞추며 시의 행간을 서성여야 할 것이다. 그리고 시인들의 물음에 답해야 한다. 인생은 물음을 던지는 만큼만 살아지기 때문이다. 시인들은 우리에게 말한다. '시인이 될 수 없다면 시처럼 살라.'고.

시는 시인이 자기만의 방식으로 쓰고, 독자가 자기만의 방식으로 읽는 문학이다. 이 시집은 전 세계의 시인들이 자기만의 방식으로 쓴 시들을 내가 나만의 방식으로 읽은 것이다. 내 해설에 구애받지 말고 당신만의 방식으로 이 시들을 읽기 바란다. 어떤 감상이 옳거나 그른 것은 아니다. 우리는 각자 이 세계를 독특하게 해석하는 존재들이다.

'과일의 맛이 과일 자체에 있는 것이 아니라 미각과의 만남에 있는 것처럼 시의 의미는 종이에 인쇄된 단어들 속이 아니라 독자와의 교감 속에 있다.'라고 보르헤스가 말했듯이 나는 당신이 더 많은 시를 찾아서 읽고, 세계를 이해하고, 인생의 해변에서 시를 낭송하기 바란다. 어디선가 시가 당신을 기다리고 있다. 아직 아무도 발견하지 않은 유리병 편지처럼.

류시화

poems

Reiner Kunze, "Rudern zwei", Aus ders., *Gespräch mit der Amsel*. © S. Fischer Verlag GmbH, Frankfurt am Main 1984. Reprinted with permission of S. Fischer Verlag GmbH.

Erich Fried, "Kein Unterschlupf", Aus ders., *Um Klarheit*. © Verlag Klaus Wagenbach, Berlin 1985. Reprinted with permission of Verlag Klaus Wagenbach GmbH.

Galway Kinnell, "Saint Francis and the Snow", from *Mortal Acts, Mortal Words by Galway Kinnell*. Copyright © 1980, and renewed 2008 by Galway Kinnell. Reprinted with permission of Houghton Mifflin Harcourt Publishing Company.

Jane Kenyon, "Otherwise", from *Collected Poems of Jane Kenyon*. Copyright © 2005 by The Estate of Jane Kenyon. Reprinted with permission of The Permissions Company, Inc. on behalf of Graywolf Press, Minneapolis, Minnesota.

Charles Bukowski, "air and light and time and space", from *The Last Night Of The Earth Poems by Charles Bukowski*. Copyright © 1992 by Charles Bukowski. Reprinted with permission of HarperCollins Publishers.

Erin Hanson, "Greener Grass", from *thepoeticunderground by Erin Hanson*. Copyright © 2014 by Erin Hanson. We have tried to contact with the poet, but could not get any response.

Robert Hayden, "Those Winter Sundays", from *Collected Poems of Robert Hayden*, edited by Frederick Glaysher. Copyright ©1966 by Robert Hayden. Could not find any proper copyright holder.

Alice Walker, "Be Nobody's Darling", from *Revolutionary Petunias by Alice Walker*. Copyright © 1973, 1972, 1970 by Alice Walker. Reprinted with permission of The Joy Harris Literary Agency, Inc.

Martha Medeiros, "A Morte Devagar", from *Non-stop by Martha Medeiros*. Coleção L & PM Pocket. Copyright © 2007 by Martha Medeiros. Reprinted with permission of the Author.

Eavan Boland, "Quarantine", from *New Collected Poems by Eavan Boland*. Copyright © 2008 by Eavan Boland. Reprinted with permission of the Author.

吉野弘, "動詞 「ぶつかる」", from 吉野弘全詩集. Copyright © 2014 by Hirosh Yoshino. Reprinted with permission of 日本文藝家協会 著作権管理部

Elizabeth Bishop, "One Art", from *POEMS by Elizabeth Bishop*. Copyright © 2011 by The Alice H. Methfessel Trust. Copyright © 2011 by Farrar, Straus and Giroux, LLC. Reprinted with permission of Farrar, Straus and Giroux.

Wislawa Szymborska, "Miłość od pierwszego wejrzenia", from *Koniec i początek by Wisława Szymborska*. Copyright © 1993. Reprinted with permission of Fundacja Wisławy Szymborskiej.

Anna Świrszczyńska, "Taka sama w środku", from *Jestem baba by Anna Świrszczyńska*. Copyright © 1972. Reprinted with permission of Ludmiła Adamska-Orłowska, daughter of Anna Świrszczyńska.

Charles Reznikoff, "After I had worked all day at what I earn my living", from *The Complete Poems Of Charles Reznikoff: 1918-1975*, edited by Seamus Cooney. Copyright © by Charles Reznikoff, Reprinted with permission of David R. Godine, Publisher, Inc.

John Ashbery, "At North Farm", from *A WAVE by John Ashbery*. Copyright © 1981, 1982, 1983, 1984 by John Ashbery. Reprinted with permission of Georges Borchardt, Inc., on behalf of the author.

Hortence Vlou, "Desert". Copyright © by Hortence Vlou. Reprinted with permission of the Author.

Derek Walcott, "Love After Love", from *The Poetry of Derek Walcott: 1948-2013*, selected by Glyn Maxwell. Copyright © 2014 by Derek Walcott. Reprinted with permission of Farrar, Straus and Giroux.

Naomi Shihab Nye, "The Art of Disappearing", from *Words Under Words: Selected Poems by Naomi Shihab Nye*. Far Corner Books. Copyright © 1995 by Naomi Shihab Nye. Reprinted with permission of the Author.

Nikki Giovanni, "Choices" and "Kidnap poem", from *The Collected Poetry of Nikki Giovanni: 1968-1998*. Copyright © 2003 by Nikki Giovanni. Reprinted with permission of the Author.

Pat Schneider, "The Patience of Ordinary Things", from *Another River: New and Selected Poems by Pat Schneider*. Amherst Writers and Artists Press. Copyright © 2005 by Pat Schneider. Reprinted with permission of the Author.

Olav H. Hauge, "Kom ikkje med heile sanningi". Copyright © 2017 by Det Norske Samlaget, Norway. Reprinted with permission of Bodil Cappelen.

Hans Magnus Enzensberger, "Die Visite", from *Kiosk. Neue Gedichte by Hans Magnus Enzensberger*. Suhrkamp. Copyright © 1995 by Hans Magnus Enzensberger. Reprinted with permission of Suhrkamp.

Denise Levertov, "The Métier of Blossoming", from *This Great Unknowing by Denise Levertov*. Copyright © 1998 by The Denise Levertov Literary Trust, Paul A. Lacey and Valerie Trueblood Rapport, Co-Trustees. Reprinted with permission of New Directions Publishing Corp.

Maria Mazziotti Gillan, "My Mother Was a Brilliant Cook". from *What Blooms in Winter*. Copyright © by Maria Mazziotti Gillan. Reprinted with permission of the Author.

Philip Larkin, "The Mower" from *Collected Poems*. Copyright © 2001 by Philip Larkin. Reprinted with permission of Faber and Faber, Ltd.

Nazim Hikmet, "Severmişim Meğer", from *Bütün Şiirleri by Nazim Hikmet*. Yapi Kredi: Istanbul. Copyright © 2017 by Mehmet Hikmet. Reprinted with the permission through AnatoliaLit Agency.

David Whyte, "Self Portrait", from *River Flow: New and Selected Poems by David Whyte*. 1984-2007. Copyright © 2007 by David Whyte. Reprinted with permission of the Author.

José Emilio Pacheco, "Oro en polvo", from *La arena errante: poemas, 1992-1998*. Copyright © 1999 by Heirs of José Emilio Pacheco. Reprinted with the permission of Agencia Literaria Carmen

Balcells S. A.

David Harkins, "Remember me", by David Harkins. Copyright © 1981 by David Harkins. Could not find any proper copyright holder.

Seamus Heaney, "Blackberry Picking", from *Death of a Naturalist*. Copyright © 1966 by Seamus Heaney. Reprinted with permission of Faber and Faber, Ltd.

John Moffitt, "To look at any thing", from *The Living Seed*. Harcourt, Brace & World, 1962. Copyright © John Moffitt. Could not find any proper copyright holder.

Allen Ginsberg, "Ruhr-Gebiet". Copyright © 1956, 1961 by Allen Ginsberg. Reprinted with permission of the Wylie Agency (UK) Limited.

Robert Bly, "Love Poem", from *Eating the Honey of Words: New and Selected Poems by Robert Bly*. Copyright © 1999 by Robert Bly. Reprinted with permission of HarperCollins Publishers.

山尾三省, "なぜ", Reprinted with permission of Seong Hyun Choi.

Raymond Carver, "Rain" and "Bonnard's Nudes" by Raymond Carver. Copyright © 1996, by Tess Gallagher. Reprinted with permission of the Wylie Agency (UK) Limited.

Alan Watts, "What on Earth are we doing?" from *Cloud-hidden, Whereabouts Unknown: A Mountain Journal*. Vintage Books Edition. Copyright © 1973 by Alan Watts. Reprinted with permission of Pending Agent.

Stanley Kunitz, "The Layers" from *The Collected Poems*. W.W. Norton, 2000. Copyright © 1978 by Stanley Kunitz. Reprinted with permission of the Estate of Stanley Kunitz and Darhansoff & Verrill Lirerary Agents.

Elizabeth Appell, "Risk". Copyright © by Elizabeth Appel. Could not find any proper copyright holder.

paintings

p. 10-11, 61, 62, 81, 96, 178, 179, 197 © Jiyeon Lee

p. 16-17, 33, 40-41 © O. K. Han

p. 25 © Aryang Jeong

p. 49, 219 © mirocomachiko

p. 57 © Francois Henri Galland

p. 70 © Yuko Hosaka

p. 91, 105, 151 Source Unknown

p. 114 © Katrin Coetzer

p. 121 © Silvia Baechli

p. 129 Paul Klee

p. 142 © Cy Twombly. Could not find the copyright holder.
We are trying to find the owner of the painting.

p. 165 Hermann Hesse

p. 173 © Jesus Cisneros

p. 187, 188, 203, 227 © Dohyega

p. 210 Pierre Bonnard

류시화는 시인으로 시집 『그대가 곁에 있어도 나는 그대가 그립다』 『외눈박이 물고기의 사랑』 『나의 상처는 돌 너의 상처는 꽃』을 냈으며, 잠언시집 『지금 알고 있는 걸 그때도 알았더라면』 『사랑하라 한번도 상처받지 않은 것처럼』을 엮었다. 인도 여행기 『하늘 호수로 떠난 여행』 『지구별 여행자』를 펴냈으며, 하이쿠 모음집 『한 줄도 너무 길다』 『백만 광년의 고독 속에서 한 줄의 시를 읽다』 『바쇼 하이쿠 선집』과 인디언 연설문집 『나는 왜 너가 아니고 나인가』를 엮었다. 번역서 『인생 수업』 『술 취한 코끼리 길들이기』 『마음을 열어주는 101가지 이야기』 『달라이 라마의 행복론』 『삶으로 다시 떠오르기』 『기탄잘리』 『예언자』 등이 있다. 2017년 봄, 산문집 『새는 날아가면서 뒤돌아보지 않는다』를 출간했다.

시로 납치하다
인생학교에서 시 읽기 1

1판 1쇄 발행 2018년 1월 8일
1판 20쇄 발행 2024년 6월 21일

지은이 류시화

펴낸이 김기중
주 간 신선영
편 집 오하라 민성원
마케팅 김신정 김보미

펴낸곳 도서출판 더숲
주소 서울시 마포구 동교로 43-1 (04018)
전화 02-3141-8301~2 | 팩스 02-3141-8303
이메일 info@theforestbook.co.kr
출판신고 2009년 3월 30일 제2009-000062호

ISBN 979-11-86900-42-0 03810